撰稿：
苗红梅　庞博　陈雷

插画绘制：
肖猷洪　郑作鲲　雨孩子　兰钊
王茜茜　李未名

设计：
马睿君　刘慧静　高晓雨

历史文化

古诗词里的大语文

魏铭 主编
派糖童书 编绘

化学工业出版社
·北京·

图书在版编目（CIP）数据

古诗词里的大语文.历史文化/魏铭主编；派糖童书编绘.—北京：化学工业出版社，2020.10
ISBN 978-7-122-37666-4

Ⅰ.①古… Ⅱ.①魏…②派… Ⅲ.①古典诗歌-中国-儿童读物 Ⅳ.①I207.227.42-49

中国版本图书馆CIP数据核字（2020）第166247号

责任编辑：陈　曦　　　　　　　　　装帧设计：派糖童书
责任校对：王　静

出版发行：化学工业出版社（北京市东城区青年湖南街13号　邮政编码100011）
印　　装：北京宝隆世纪印刷有限公司
710mm×1000mm　1/16　印张11　2022年1月北京第1版第1次印刷

购书咨询：010-64518888　　　　　　售后服务：010-64518899
网　　址：http://www.cip.com.cn
凡购买本书，如有缺损质量问题，本社销售中心负责调换。

定　　价：49.80元　　　　　　　　　　　　　　　版权所有　违者必究

前言

中国是个有着五千多年悠久历史的国家。五千多年的岁月，创造了华夏文明，见证了王朝更替，也留下了不朽的文化。诗人是时光的记录者，当一幕幕历史在诗词中呈现，沧海桑田里的世事变迁就更加让人唏嘘。

"千寻铁锁沉江底，一片降幡出石头"是刘禹锡记录下的三国归晋；"国破山河在，城春草木深"是杜甫历经安史之乱，目睹山河破碎，心中的无尽悲辛；"但使龙城飞将在，不教胡马度阴山"是王昌龄笔下将士保卫家国的忠肝义胆；还有那"一去紫台连朔漠，独留青冢向黄昏"描写了王昭君去国离家、远嫁和亲的一生悲凉……精练的诗词中藏着一段段历史，一段段历史也在诗词中得到淋漓尽致的展现。

除了诗词中直接涉及的历史，在这本书中，我们还为小朋友准备了一些从古诗词中延伸出来的知识，如"管鲍之交"的深情厚谊，"负荆请罪"中的知错就改，"精忠报国"里的爱国情操……历史不是尘封的过往记忆，而是亲历者留给我们的宝贵财富。我们希望通过这些精心选编的诗词和故事，帮助小朋友时时刻刻修正自己的行为，让思想更加丰富，让自己更有家国意识，不忘赤子之心，能拥有一起成长的至交，遇到问题也能有知错就改的觉悟。

翻开这本书，在诗词的世界里重回历史现场，走近历史人物，聆听他们的故事。在阅读中思考，领悟人生智慧，也感受诗人融入诗词里的那份饱含深情的家国情怀。

目录

恢宏阿房 / 卖花声·怀古（其一）……38

始皇焚书 / 焚书坑……34

荆轲刺秦 / 于易水送人……30

鸟尽弓藏 / 八声甘州·陪庾幕诸公游灵岩……26

西施浣纱 / 西施……22

越王勾践 / 越中览古……18

豪侠报恩 / 结袜子……14

息国灭亡 / 题桃花夫人庙……10

管鲍之交 / 筹笔驿……6

贤臣伊吕 / 浪淘沙令……2

篇目	页码
七步作诗 / 七步诗	78
三国遗迹 / 赤壁	74
赤壁之战 / 念奴娇·赤壁怀古（节选）	70
平定边乱 / 塞下曲（其二）	66
昭君出塞 / 咏怀古迹（其三）	62
出使匈奴 / 苏武庙	58
龙城飞将 / 出塞	54
击退匈奴 / 永遇乐·京口北固亭怀古（节选）	50
楚汉之争 / 夏日绝句	46
古代赋税 / 悯农（其二）	42

安史之乱／春望	118
安史之乱起因／绝句四首（其三）	114
新乐府运动／悯农（其二）	110
科举制度／赋得古原草送别	106
唐朝商贸／凉州词	102
边塞诗／别董大（其一）	98
修建通济渠／汴河怀古（其二）	94
西晋灭吴／西塞山怀古	90
鞠躬尽瘁／经五丈原	86
诸葛孔明／蜀相	82

附录 / 古诗词里的名句 ………… 162

虎门销烟 / 己亥杂诗 ………… 158

岳飞被害 / 岳鄂王墓 ………… 154

抗金 / 示儿 ………… 150

靖康之难 / 满江红·写怀 ………… 146

南宋 / 题临安邸 ………… 142

王安石变法 / 书湖阴先生壁（其一） ………… 138

苏轼应试 / 六月二十七日望湖楼醉书（其一） ………… 134

十里桃花与万家酒店 / 赠汪伦 ………… 130

金陵怀古 / 登金陵凤凰台 ………… 126

马嵬之变 / 马嵬（其二） ………… 122

浪淘沙令

〔宋〕王安石

伊吕①两衰翁②,历遍穷通。一为钓叟一耕佣。若使当时身不遇,老了英雄③。

汤武偶相逢,风虎云龙④。兴王只在笑谈中。直至如今千载后,谁与争功?

· 作者简介 ·

王安石(1021—1086),字介甫,号半山。北宋政治家、思想家、文学家,"唐宋八大家"之一。

·注释·

① 伊吕：指伊尹与吕尚。
② 衰翁：老人。
③ 老了英雄：英雄碌碌无为地老去。指伊尹和吕尚如果没遇到赏识他们的人，也不过就是无所作为终此一生。
④ 风虎云龙：将贤臣比喻成风、云，将明君比喻成虎、龙。贤臣遇上明君，如风从虎，如云从龙，将共同开创一番事业。

·译文·

伊尹和吕尚两位老人，他们经历了人世沧桑、穷困和发达。曾经，他们一位是渔翁，一位是佣工。如果不是遇见了汤王、文王并被重用，他俩也就碌碌无为地老死山野了。

汤武二帝偶遇贤臣，便如云从龙、风从虎一般，谈笑中建立了帝王基业。直到千载之后的今天，又有谁敢与伊、吕两人的功劳一争高下呢？

·伊尹·

伊尹的名字叫作"挚","尹"是他后来的官职名。相传伊尹是一个弃婴,小的时候在伊水旁被人发现。长大后,他在有莘(shēn)国做农活,后来有莘氏女嫁给商汤,伊尹作为陪嫁奴隶一同跟随,因为才干卓越而被商汤赏识重用,成为助汤灭夏的功臣。商汤死后,伊尹又辅佐了两位国君,助商朝巩固了政权。

·吕尚·

吕尚本来姓姜,名尚,因他的祖先协助大禹治水有功,封在吕地(今河南省南阳市西),所以又被称为"吕尚",后人则称他为"姜太公"或"姜子牙"。中国古代杰出的政治家、军事家、韬略家,周朝开国元勋。

相传,周文王外出打猎时遇见一位静静地坐在渭水边钓鱼的老人。文王向老人请教了很多问题,老人都对答如流,可见其学识渊博、才能出众。文王便请他回去辅佐自己,尊称为"太公望"。

·武王伐纣·

周文王自从有了姜子牙的襄助，治理国家更加勤勉。文王晚年时，周的实力已经大大超过殷（yīn）商，但他还没来得及实现灭殷的大业便去世了。此后，周武王继位，在姜子牙的辅佐下兴兵伐纣，推翻了殷商，完成了文王的遗志，建立了周朝。周朝以镐（hào）京（今陕西省西安市长安区西北）为国都，历史上叫作"西周"。

筹笔驿①

〔唐〕李商隐

猿鸟犹疑畏简书②,风云常为护储胥③。
徒令上将④挥神笔,终见降王走传车⑤。
管⑥乐⑦有才真不忝⑧,关张无命欲何如。
他年锦里⑨经祠庙,梁父吟成恨有余。

·作者简介·

李商隐(813—858),字义山,号玉谿(xī)生,祖籍河内(今河南省沁阳市),生于郑州。晚唐杰出诗人。

·注释·

① 筹笔驿：古驿名，在四川广元市北部。据说诸葛亮出兵伐魏时，曾经在此驻扎，筹谋计策。

② 简书：古人将文字写在竹简上，称为简书，这里指军令。

③ 储胥：指军用的栅栏。

④ 上将：主帅，指诸葛亮。

⑤ 传车：古代驿站使用的邮车。

⑥ 管：管仲。春秋初期著名政治家，辅佐齐桓公成就霸业。

⑦ 乐：乐毅。战国时燕国的名将。

⑧ 真不忝：忝，有愧于。诸葛亮自比管仲、乐毅。这里说他很有才干，这样比起来也并不惭愧。

⑨ 锦里：此处代指成都。诸葛亮死后被追谥（shì）为"忠武侯"，武侯祠就是他的祠庙，位于四川省成都市。

·译文·

猿鸟仍旧像是畏惧丞相的严明军令，满天的风云多年来护卫着他的军营。诸葛亮徒然在这里挥笔运筹谋划，后主刘禅（shàn）最终却乘坐邮车去投降。诸葛亮不愧有管仲和乐毅的才干，可关羽张飞不幸身死，让他又怎样力挽狂澜？往年我经过锦城时进谒（yè）了武侯祠，用吟诵《梁父吟》的方式为他深表遗憾。

·管仲·

管仲是春秋初期杰出的政治家。他经鲍叔牙推荐，被齐桓公任命为国相，尊称"仲父"。管仲在齐国进行了很多改革，确立了选拔人才的制度，用官府力量发展盐铁业，铸造和管理货币，调控物价等，使齐国国力大增。他助齐桓公打出"尊王攘（rǎng）夷"的旗号，尊崇周天子的地位，替周天子发号施令，平定不敬之臣，使齐桓公成为春秋时期第一个霸主。

·管鲍之交·

据《史记·管晏（yàn）列传》记载，春秋时期齐国管仲与鲍叔牙二人相交至深，不论别人怎么非议管仲，鲍叔牙都会为管仲辩护。管仲由此说："生我的人是我的父母，但懂我的人是鲍叔牙啊！"齐桓公继位后，本来想拜鲍叔牙为相，但鲍叔牙认为管仲更有才能，更适合当国相，就力荐管仲，并帮助管仲平安到达齐国。后人因此把朋友之间深厚的友情称为"管鲍之交"，也作"管鲍之谊"。

题桃花夫人①庙

〔唐〕杜牧

细腰宫②里露桃新,
脉脉无言度几春。
至竟③息亡④缘底事⑤?
可怜金谷坠楼人⑥。

· 作者简介 ·

杜牧（803—853），字牧之，号樊（fán）川居士。京兆万年（今陕西省西安市）人。唐代杰出的诗人、散文家。

· 注释 ·

① 桃花夫人：即息夫人。
② 细腰宫：指楚王宫。汉代无名氏《无题》诗中记载："楚王好细腰，宫中多饿死。"
③ 至竟：究竟。
④ 息亡：息国灭亡。
⑤ 底事：什么事。
⑥ 金谷坠楼人：指西晋石崇的爱妾绿珠。金谷，石崇家的名园。赵王伦派亲信向石崇讨要绿珠被拒绝，便迫害石崇。石崇被捕的时候，绿珠激愤不已，跳楼自尽。

· 译文 ·

　　楚王宫里，桃花又开了，它们默默无语，不知度过了多少时光。息国灭亡究竟因为什么事呢？可怜那金谷园殉情的坠楼之人！

·息夫人·

息，是古代国名，息夫人姓妫（guī），因为嫁给了息国国君，所以被称为息夫人。息夫人天生美貌，传说她出生那天桃花都开了，所以又称"桃花夫人"。据《左传》记载，因蔡哀侯向楚文王称赞了息夫人的美貌，楚文王便灭掉了息国，抢走了息夫人。息夫人嫁给楚文王后，生了两个儿子，但她始终不愿意与楚王说话。

她坚持用沉默抗议楚王，个性鲜明，被后人传颂，后世还有专门祭祀她的"桃花夫人庙"。

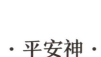

·平安神·

息夫人嫁到楚国后，拒绝与楚王说话，保持自己独立的个性并且倡导女子独立自主。此外，她的很多事迹都广为人知。

因为与蔡侯、息侯、楚王有关的三段人生经历，她有机会促进中原与楚地两种文化的交融；为了息国甘愿只身赴难；在农业上劝课农桑；政治上推崇新政、辅幼称霸。

在河南省，息夫人所经之处都建庙立碑，息夫人也被尊为"平安神"，这些遗迹甚至成了河南省息县的地域名片。

结袜子①

〔唐〕李白

燕南壮士②吴门豪③,
筑中置铅④鱼隐刀⑤。
感君恩重许君命,
太山⑥一掷轻鸿毛。

·作者简介·

李白（701—762），字太白，号青莲居士。唐代伟大的浪漫主义诗人，被后人誉为"诗仙"。

·注释·

①结袜子:乐府旧题。
②燕南壮士:指战国时期燕国乐师、侠士高渐离。
③吴门豪:指春秋时期吴国侠士专诸。
④筑中置铅:指高渐离在筑中暗藏铅块扑击秦始皇。筑,为古代一种乐器。
⑤鱼隐刀:指专诸将匕(bǐ)首暗藏在鱼腹中刺杀吴王僚。
⑥太山:即泰山,和后面的"鸿毛"对比,泰山用来形容极重,鸿毛用来形容极轻。语出司马迁《报任安书》:"人固有一死,或重于泰山,或轻于鸿毛。"

·译文·

　　燕南的壮士高渐离和吴国的豪侠专诸,一个用灌了铅的筑去扑击秦始皇,一个用鱼腹中的刀去刺杀吴王僚。他们为了报君恩,都以命相许,将自己如泰山一样重的生命看得如鸿毛一样轻。

·筑中藏铅·

高渐离是战国时期燕国人,十分擅长击筑。燕太子丹派荆轲谋刺秦王时,高渐离就曾在易水旁击筑送行。秦朝建立后,高渐离隐姓埋名,继续生活,后来因为他擅长击筑,又被人所知。

秦始皇听闻有个人善击筑,便命人召到宫中,却有人认出那是高渐离。秦始皇看在他善于击筑的分儿上,免除了他的死罪,但命人熏瞎了他的眼睛。结果高渐离在筑内暗藏铅块,试图扑击秦始皇,没有击中,最终被杀。

· 鱼腹藏剑 ·

专诸是个勇士,在伍子胥的介绍下,被吴国的公子光请去刺杀吴王僚。

吴王僚的弟弟们带兵攻楚,不在国中,公子光趁机宴请吴王僚,同时做好了埋伏。宴席间,公子光借故离开,专诸将匕首藏在鱼腹中,端着那盘鱼走到吴王僚身边,刚放下鱼,便迅速从大鱼肚子里抽出了匕首,朝着吴王僚的胸膛就刺了进去。吴王僚死了,他随行的士兵也把专诸杀死了。

公子光如愿当上了吴王,他就是历史上鼎鼎有名的吴王阖闾(hé lǘ)。

越中① 览古

〔唐〕李白

越王勾践破吴归,

义士还家尽锦衣②。

宫女如花满春殿,

只今惟有鹧鸪飞。

· 创作背景 ·

　　这首诗是唐玄宗开元十四年（726年）李白游览越中时所作,作为一首怀古诗,所涉及的历史事件是春秋时期的吴越争霸。

·注释·

①越中：今浙江绍兴，唐代属越州，春秋时期属越国，因吴越争霸而知名。

②锦衣：华丽的衣服。此句出自《汉书·项籍传》："富贵不归故乡，如衣（yì）锦夜行。"还演化出了"衣锦还乡"这个成语。

·译文·

越王勾践灭掉吴国凯旋，将士们都得到了丰厚的赏赐，衣锦还乡。昔日，如花的宫女充满了宫殿，可惜如今却只有几只鹧鸪在王城故址上空飞过了。

·卧薪尝胆·

夫椒（fú jiāo）之战时，越国的军队惨败，在会（kuài）稽（今浙江省绍兴市）被吴军包围，越王勾践无奈之下，只好向吴国求和，他被迫带着妻子和臣子等前往吴国，给吴王夫差当了奴仆，驾车养马，忍辱负重，终于获取了夫差的信任。

三年后，勾践被释放回国。为了不被安逸的生活消磨掉自己报仇的决心，勾践晚上睡在草堆上，还在屋里挂了一只苦胆，每次睡觉前或起身后，都会尝尝苦胆的味道，表示不忘亡国的痛苦。在他的勤勉治理下，越国越来越强大。

公元前482年，吴王夫差在黄池会见各国诸侯，打算跟晋国争夺霸主之位。越王勾践趁吴国国内空虚，便带领大军攻打吴国，包围了吴国国都，还杀了吴国太子。夫差听说后匆忙回国，但吴国已军心涣散，无力对抗，最终夫差只好派人向越国求和。此后，吴国日渐衰弱。

公元前473年,越王勾践率领大军再一次攻打吴国,夫差求和未果,自杀而亡。自此吴国灭亡,越王勾践也成了春秋时期最后一位霸主。

"卧薪尝胆"这个成语便出自这一史实,常用于形容一个人刻苦自励,发愤图强,最终苦尽甘来。

西施

〔唐〕罗隐

家国兴亡自有时,

吴人何苦怨西施?

西施若解倾②吴国,

越国亡来又是谁?

·作者简介·

　　罗隐(833—910),字昭谏(jiàn),新城(今浙江省杭州市富阳区)人。他是晚唐文坛上的一位奇才,诗歌和散文都写得很好。

· 注释 ·

① 西施：春秋末期越国美女。
② 倾：倾覆，灭亡。

· 译文 ·

家国的兴亡是有它自己的原因的，吴国人何苦要怨恨西施呢？如果说是西施使吴国灭亡的，那越国又是因为谁灭亡的呢？

·西施·

西施也叫"西子",长得十分美丽。夫椒之战越国失败后,越王勾践为了使吴王夫差丧失斗志,便从民间挑选最漂亮的女子送给他,其中就有西施。夫差一见到西施,便把她当成了下凡的仙女,西施自然也成了夫差最宠爱的妃子。

·沉鱼之貌·

西施自幼生活贫苦,经常跟随母亲在江边浣(huàn,洗)纱。相传,西施在河边浣纱时,清澈的河水映照着她美丽的身影,使鱼儿都忘记了游水,渐渐沉入河底。从此西施便有了"沉鱼"之称。

八声甘州·陪庾幕①诸公游灵岩②

〔宋〕吴文英

渺空烟四远,是何年、青天坠长星?幻苍崖云树,名娃③金屋,残霸④宫城。箭径酸风射眼,腻水⑤染花腥。时靸⑥双鸳响,廊叶秋声。

宫里吴王沉醉,倩五湖倦客⑦,独钓醒醒。问苍波无语,华发奈山青。水涵空、阑干高处,送乱鸦斜日落渔汀。连呼酒、上琴台去,秋与云平。

·作者简介·

吴文英(约1212—约1272),字君特,号梦窗,晚年又号觉翁,四明(今浙江省宁波市)人。南宋词人。

·注释·

①庾幕:指作者工作的苏州仓台幕府。

②灵岩:灵岩山,在今江苏省苏州市。

③名娃:西施。

④残霸:指吴王夫差。他打败越国,后又被越国所灭。

⑤腻水:宫女洗过脸的脂粉水。

⑥靸:穿着拖鞋。

⑦五湖倦客:五湖,太湖的别称。倦客,指范蠡(lǐ)。

·译文·

登上灵岩山极目眺望,远处一片烟雾蒙蒙,这是哪一年从青天陨落的巨星?上面幻化出青崖、烟霞、古木,还有那藏着西施的馆娃宫和春秋末期吴国的宫城。遥望山前的采香径,冷风刺得人眼睛发酸;那从宫中流出的脂粉水,让花草也染上了腥味。长廊里秋叶飘落的声响,仿佛是当年西施走过时轻疾的脚步声。

馆娃宫里吴王夫差沉湎(miǎn)于酒色,以致亡国杀身,只有范蠡头脑清醒,功成后就隐居太湖,免遭杀身之祸。我想问苍茫的水波,却得不到回答,我那满头青丝愁成白发,可环顾群山,它们却依旧苍翠青葱。茫茫江水倒映着浩瀚长空,我凭栏远眺,只见纷乱乌鸦飞向夕阳斜照下的洲汀。来吧,喝酒,喝酒!快登上琴台,观赏秋光与云霞齐映的美景。

古诗词里的故事

·鸟尽弓藏·

《史记·越王勾践世家》中有："蜚（fēi，通飞）鸟尽，良弓藏；狡兔死，走狗烹。"飞鸟猎尽了，就把弓收起来不用了；狡猾的野兔死了，猎狗便被煮着吃了。从中诞生了"鸟尽弓藏""兔死狗烹"两个成语，用来比喻事情成功以后，曾经出过力的人就遭受迫害了。

·范蠡留下的信·

范蠡是春秋末期越国的大夫,助越王勾践复兴国家,灭了吴国。

勾践灭吴后,大赏群臣,唯独少了范蠡。原来范蠡隐姓埋名躲了起来,临走前还留了一封信给谋臣文种,劝他说:"鸟尽弓藏,兔死狗烹。大王这个人,可以共患难,但不可以共安乐。现在他得了势,只会忌惮咱们的威望,所以祸事就要来了,你赶快走吧!"

文种看了他的信,便称病不上朝。结果越王还是赐给他一把剑。文种领会了越王的意图,只好用这把剑自杀了。

于易水送人

〔唐〕骆宾王

此地①别燕丹②,
壮士发冲冠。
昔时人已没③,
今日水犹④寒。

· 作者简介 ·

　　骆宾王（约638—684），字观光，婺（wù）州义乌人（今浙江省义乌市）。唐初诗人，与王勃、杨炯（jiǒng）、卢照邻合称"初唐四杰"。

· 注释 ·

① 此地：原意为这里，这个地方。这里指易水岸边。
② 燕丹：燕国太子丹。
③ 没：死亡。
④ 犹：还，仍然。

· 译文 ·

在易水岸边，荆轲告别燕太子丹，壮士满怀英雄气概，怒发冲冠。那时的人已经都不在了，今天的易水却还是那样寒冷。

· 易水送别 ·

荆轲是战国末期卫国人，喜欢读书和击剑。卫国灭亡后，他来到了燕国，和擅长击筑的高渐离成了好朋友。

燕国太子丹曾被当作人质扣押在秦国，逃回燕国后，就时刻想要向秦王报仇。后来太子丹安排荆轲行刺秦王，为了获得秦王的信任，出发前，还让荆轲带上了樊於期（fán wū jī，秦国的逃亡将领）的人头和燕国假意献给秦国的城池地图，并在地图里藏了一把锋利的匕首。燕国的少年勇士秦舞阳也作为副使和荆轲一同前往。

出发的这天，太子和宾客都穿戴着白色衣冠，将他们二人一直送到易水边。荆轲喝了饯行的酒，高声歌唱起来，高渐离为他击筑，乐声令人动容，这就是历史上著名的易水送别。

· 图穷匕见 ·

荆轲等人到达秦国后,秦王举行隆重的仪式接受他们的献礼。

二人刚走到大殿台阶边,秦舞阳就由于害怕而脸色大变,全身瑟瑟发抖。荆轲镇定地替秦舞阳谢罪,说:"北方的粗人,从未见过大王的威严,免不了有点害怕,请大王恕罪,就别让他上前了吧。"说完便接过秦舞阳手里的地图匣子,一个人走到秦王面前,献上地图。

当地图慢慢地展开,匕首便露了出来,荆轲一手抓住秦王的衣袖,另一只手抓起匕首就朝秦王刺去,但是被秦王挣脱,没有刺中,最终行刺失败,荆轲被杀。

后来人们用成语"图穷匕见(xiàn)"比喻事情发展到最后,终于露出了真相。

焚书坑①

〔唐〕章碣

竹帛②烟销③帝业④虚⑤,
关河⑥空锁⑦祖龙居⑧。
坑灰未冷山东乱,
刘项⑨原来不读书。

·作者简介·

章碣(jié),唐代桐庐(今浙江省杭州市桐庐县)人,著有《章碣集》。他突破了律诗中通常只需要偶句押韵的规则,创作了单句、偶句都需要押韵的"变体诗"。

·注释·

① 焚书坑：秦始皇焚烧书籍的地方。
② 竹帛：竹简和帛，都是古代的书写载体，这里代指书籍。
③ 烟销：指焚书的飞烟散去了。
④ 帝业：指皇帝的统治。
⑤ 虚：虚无。
⑥ 关河：关，函谷关；河，黄河。这里代指险固的地理形势。
⑦ 空锁：白白地扼守着。
⑧ 祖龙居：祖龙指秦始皇，祖龙居指咸阳。
⑨ 刘项：刘邦和项羽，秦末两支主要起义军的领袖。

·译文·

焚书的烟尘刚刚散去，秦始皇的帝业也随之灭亡，函谷关和黄河天险，也守不住秦始皇的故国旧居。焚书坑的灰烬还没冷却，山东群雄已揭竿起义。起义军领袖刘邦和项羽，原来都没读多少书。

·秦始皇·

秦灭六国后,秦王嬴(yíng)政认为,天下已定,若"名号不更,无以称成功,传后世",就下令让大臣们研究给自己换个称号。

大臣冯劫、李斯等收到指示,便进言表示,大王您统一全国的功绩自古以来不曾有,三皇五帝都比不上您,您是有史以来最尊贵的人。古代有"天皇""地皇""泰皇"(都是传说中的上古帝王),其中"泰皇"最为尊贵,于是建议嬴政称"泰皇"。

嬴政考虑后,决定留下一个"皇"字,加上一个"帝"字,号曰"皇帝",自称为"朕",从自己开始,称"始皇帝",子孙后世称"二世""三世"……乃至"千世"、"万世",永世传袭(xí)。

·焚书坑儒·

秦始皇为了让江山统治更加稳固，便采纳了丞相李斯的建议，下令除《秦记》和医药、农书等外，凡私人所藏的诸子百家典籍，一律交官府销毁；并下令追查、捕捉对秦始皇有不满言论的方士、儒生460多人，全部坑杀于咸阳。这就是历史上的"焚书坑儒"事件。

卖花声·怀古（其一）

〔元〕张可久

阿房①舞殿翻罗袖，金谷名园②起玉楼，隋堤古柳③缆龙舟④。不堪回首，东风还又，野花开暮春时候。

·作者简介·

张可久（1280—约1352），号小山，庆元路（治所在今浙江省宁波市）人。元代著名散曲家、剧作家，所留传下来的元曲作品极多，现存小令800余首。

·注释·

① 阿房：阿房宫，秦始皇征发大量刑徒民工所建的宫殿，故址在今陕西省西安市西郊。
② 金谷名园：在今河南省洛阳市东北，是晋代富豪石崇的别墅，其中的建筑和陈设异常豪奢。
③ 隋堤古柳：隋炀（yáng）帝下令开凿人工运河，沿河筑堤栽种柳树，称为"隋堤"，在今江苏以北。
④ 缆龙舟：指隋炀帝耗费大量民力、财力，沿运河南巡出游。

·译文·

　　秦始皇在那宏伟的阿房宫内欣赏舞蹈，只见罗袖翻飞，歌舞升平；富甲天下的石崇的金谷园里又新建了玉楼；隋堤两旁柳条拂岸，龙舟载着隋炀帝显尽了威名。不忍回忆这些辉煌的往事，而今东风又起，只有野花在暮春盛开。

·阿房宫·

秦始皇统一中原后,在政治、经济、文化领域进行了许多的改革,同时也开启了许多大工程,比如继续大规模修建长城,修建700多公里的秦直道,建造神秘无比的骊(lí)山陵以及豪奢庞大的阿房宫。这些工程有些有一定的历史意义,比如秦直道,一直到清朝还在使用,对经济、交通都有益处;但也有一些劳民伤财,令百姓苦不堪言,比如骊山陵和阿房宫。

阿房宫是秦始皇统一后兴建的新宫,据说阿房宫规模极为宏大,直到秦朝灭亡,工程也没有完工。

·火烧阿房宫·

阿房宫遗址是现今世界上最大的宫殿基址,相传,阿房宫是被项羽所焚毁。

《史记》里的记载是,项羽进入咸阳之后,"烧秦宫室,火三月不灭",说项羽烧了咸阳的某座宫殿,并没有明指就是阿房宫,但这个黑锅项羽一直背到今天。而考古研究表明,现存的阿房宫遗址其实就是阿房宫前殿遗址,阿房宫整体建筑并没有建成,也没被火烧。

秦朝的兴起与覆灭带给后人深刻的教训,阿房宫也作为秦朝大兴土木、奢侈浪费、不顾民生的象征,在文学作品中常常被提及。项羽所焚烧的宫殿,逐渐附会成了阿房宫,人们在这样的故事里,抒发着对抗暴秦的情绪。

悯①农（其一）

〔唐〕李绅

春种一粒粟②，
秋收万颗子③。
四海④无闲田⑤，
农夫犹⑥饿死。

·作者概况·

李绅（772—846），字公垂。唐朝宰相、诗人，与元稹（zhěn）、白居易交游甚密，为新乐府运动的参与者。

· 注释 ·

① 悯：怜悯、同情。
② 粟：泛指谷类。
③ 子：指成熟的粮食颗粒。
④ 四海：指全国。
⑤ 闲田：没有耕种的荒地。
⑥ 犹：仍然。

· 译文 ·

春天种下的一粒种子，到了秋天可以收获很多的粮食，全国都没有闲置着的荒地，但是仍然有农夫因为饥饿死亡。

·古代赋税·

中国古代很早就有赋税制度,秦始皇统一全国后,继续发展了赋税制度。地主和农民占有多少耕地,就要向朝廷缴纳相应土地面积的赋税。比如,秦田律就规定每顷土地应向国家缴纳饲草三石(dàn)、禾秆二石。唐朝延续并发展了赋税制度,年满二十一岁的青年男子被称为"丁男",年满十八岁的被称为"中男",按照年龄标准,每名丁男和中男分配给田地一百亩。受田的丁男,就要承担交纳赋税和服徭役的义务。

如果不考虑其他因素，这样的赋税制度对农民来说还可以承受，但是如果当朝统治者加重赋税，或遇到天灾，收成锐减，农民的负担就难以承受了。

古诗词里的故事

夏日绝句

〔宋〕李清照

生当作人杰①,
死亦为鬼雄②。
至今思项羽③,
不肯过江东。

· 作者简介 ·

李清照（1084—约1151），号易安居士。宋代女词人，婉约词派代表人物之一。

·注释·

①人杰：人中豪杰。

②鬼雄：鬼中英雄。

③项羽：秦末起义军领袖，楚国名将项燕之孙。秦亡后自立为"西楚霸王"，后与刘邦争夺天下，这一段历史被称为楚汉相争。在垓（gāi）下（古地名，在今安徽省灵璧县东南）之战中，项羽兵败自杀。

·译文·

　　活着就应当做人中豪杰，死了也要做鬼中英雄。至今仍然想起当年的项羽，他宁死也不肯退回江东。

·四面楚歌·

公元前202年,项羽带领的楚军被刘邦包围在垓下。为了打击楚军的斗志,刘邦下令让士兵唱起楚地歌谣。项羽营中的士兵听到四面传来家乡的民歌,以为家乡楚地已经被攻占,再也无心打仗,连项羽也心惊而起,坐在帐中饮酒悲歌。

后人用"四面楚歌"这一成语比喻陷入了四面受敌、孤立无援的局面。

·乌江自刎·

在那四面楚歌的局面里,项羽对着自己宠爱的美人虞姬慷慨悲歌:"力拔山兮气盖世,时不利兮骓(zhuī)不逝。骓不逝兮可奈何,虞兮虞兮奈若何!"随后挥泪上马,带着八百余人突围,到了早上,汉军发现项羽已经突围,便派五千骑兵去追。项羽斩杀了许多追兵,最后逃至乌江边。

乌江亭长备好了船,劝项羽速速渡江,以期东山再起。而项羽面对滚滚江水,觉得无颜再见江东父老,便把坐骑乌骓马赐给了那位亭长,自己步行再战。最后,项羽身受十余创,在乌江边自刎(wěn)而死。

永遇乐·京口①北固亭怀古（节选）

〔宋〕辛弃疾

元嘉草草，封狼居胥②，赢得③仓皇北顾④。四十三年⑤，望中犹记，烽火扬州路。可堪回首，佛狸祠⑥下，一片神鸦社鼓。凭谁问：廉颇老矣，尚能饭⑦否？

· 作者简介 ·

辛弃疾（1140—1207），字幼安，号稼轩，南宋豪放派词人。

·注释·

①京口：古城，因为临京岘（xiàn）山、长江口而得名，东吴孙权曾在这里建都。今江苏省镇江市京口区。

②封狼居胥：详见下页。

③赢得：落得。

④仓皇北顾：看到北方追来的敌人而惊慌失措。

⑤四十三年：从辛弃疾于公元1162年渡江南下，到他在公元1205年写这首词时，已经四十三年了。

⑥佛（古音读bì）狸祠：佛狸应是"狴（bì）狸"，此处为通假使用。"佛狸"是北魏皇帝拓跋焘（tāo）的小名，佛狸祠曾是他的行宫。

⑦饭：名词做动词，吃饭的意思。

·译文·

想当年，南朝宋文帝刘义隆在元嘉年间草率出兵，仓促北伐，想要收复河南，然而却落得个被北魏拓跋焘的军队追击，仓皇南逃的结局。眼下我渡江南下已过了四十三年，抬头北望，还清楚记得当年在漫天烽火中同金兵激战的扬州路。往日抗金的壮举，不忍回顾，如今佛狸祠前，看到的是吃祭肉的神鸦，听到的是社日祭礼的社鼓。还有谁来关心过问：像廉颇一样的老英雄，还能不能带兵上前线杀敌立功、为国捐躯呢？

·封狼居胥·

漠北之战中,霍去病奉命击杀匈奴主力,他大破匈奴军队,乘胜追击到狼居胥山。在那里,霍去病举行了祭天之礼。从此,"封狼居胥"成为中国历代武将的最高追求。

狼居胥山一说位于今天的蒙古国境内,也有的观点认为是在内蒙古自治区西北部。

·霍去病·

霍去病是西汉名将。元狩二年(公元前121年),他两次击退匈奴,控制了河西地区,打开了通往西域的道路。汉武帝打算为他建造府第,他却拒绝说:"匈奴未灭,无以家为也。"他和卫青多次出击匈奴,最终瓦解了匈奴对汉王朝的威胁,拓展了汉朝的版图。

如今,陕西省兴平市还留有霍去病墓,其墓地两侧安置有卧马、石人等大型石雕,其中以《马踏匈奴》石雕最为著名。

·名将廉颇·

廉颇是战国末期赵国名将,赵悼(dào)襄王时被剥夺了兵权。后来,赵王因多次被秦军围困,想重新起用廉颇,就派人去调查廉颇的情况。

可惜那个人因为接受了廉颇仇敌郭开的贿赂,就故意回复赵王说:"廉将军虽老,尚善饭。然与臣坐,顷之三遗矢矣。"("三遗矢"指去了三次厕所。)赵王听后认为廉颇老了,从此没有再召见他。

此外,《史记·廉颇蔺(lìn)相如列传》中还记载了一段著名的负荆请罪的故事:当时,廉颇对蔺相如被赵王拜为上卿很不服气,蔺相如却以国家利益为重,处处退让。廉颇明白后十分悔恨,便脱去上衣,光着上身,背上荆条到蔺相如门前请罪。

后人用"负荆请罪"这一成语表示主动向对方承认错误,赔礼道歉。

出塞

〔唐〕王昌龄

秦时明月汉时关,
万里①长征人未还。
但使②龙城飞将③在,
不教胡马④度阴山⑤。

·作者简介·

王昌龄(?—756),字少伯,京兆长安(今陕西西安)人。盛唐著名边塞诗人,被后人誉为"七绝圣手"。

·注释·

① 万里：形容遥远，不是确指一万里。

② 但使：只要。

③ 飞将：指汉代将军李广。

④ 胡马：指北方的敌军。

⑤ 阴山：长城北面的一条山脉，在今内蒙古自治区中部。

·译文·

　　头顶是秦汉时的明月，脚下是秦汉时的边关，这些离家万里的将士，不知何时才能回家。真盼望如今也能有李广那样的猛将，能牢牢守护住大唐的边塞，不让那猖狂的胡骑，越过阴山侵犯中原。

古诗词里的故事

·飞将军李广·

李广是西汉名将,他十分勇猛,擅长射箭,有他镇守边关的时候,匈奴很多年不敢进犯,还称他为"飞将军",表示对他的敬畏。

·李广射石·

李广出自武将世家,"世世受射",箭法非常精湛(zhàn)。《史记》里记载飞将军李广在一次出猎时,看到草丛中似乎有一只老虎,便张弓搭箭,一箭射中,而且整个箭头都射进去了。待随从走近一看,却发现那并不是猛虎,而是一块大石头。

当李广知道这是一块石头后,他再射多少次,也射不进石头去了。这件奇事流传很广,唐代诗人卢纶(lún)在《塞下曲》中曾生动描写了这件事:"林暗草惊风,将军夜引弓。平明寻白羽,没在石棱中。"

苏武①庙

〔唐〕温庭筠

苏武魂销汉使前,古祠高树两茫然。
云边雁断②胡天月,陇③上羊归塞草烟。
回日楼台非甲帐④,去时冠剑⑤是丁年⑥。
茂陵⑦不见封侯印,空向秋波哭逝川⑧。

·作者简介·

温庭筠(yún,约801—866),本名岐,字飞卿,太原祁县(今山西省祁县)人。唐代著名诗人、词人。他的作品在晚唐词坛产生过很大影响,为"花间派"首要词人。

· 注释 ·

① 苏武：汉武帝时期伟大的政治家、外交家和爱国英雄。天汉元年奉命出使匈奴被扣留多年，坚定不屈。

② 雁断：指苏武被羁（jī）留匈奴后与汉廷音讯隔绝。

③ 陇：通"垄"，高地。

④ 甲帐：汉武帝用琉璃、珠玉等珍宝制帷帐，因为数量很多，所以用甲乙来划分。上等的甲帐给神明用，其次的乙帐自己用。

⑤ 冠剑：指出使时的装束，古代男子二十岁行冠礼，这里与后面的"丁年"有类似的意思。

⑥ 丁年：壮年。

⑦ 茂陵：汉武帝陵。

⑧ 逝川：出自《论语》，以奔涌的流水比喻逝去的时间。这里也指往事。

·译文·

苏武终于见到了来接他的汉使,心中悲喜交集、感慨万千,而今苏武庙里的老屋古树都年代久远,使站在这里的人感到迷茫。羁留北海苦挨十九年,音信断绝,头顶胡天明月,从荒垄牧羊回来,茫茫草原升起暮烟。奉命出使时,加冠佩剑,正是潇洒壮年。回朝进谒(yè)时,楼台依旧,人却不复当年。汉武帝已死,再也不可能封赏苏武了,如此我也只能流下两行浊泪,缅怀逝去的时间了。

· 苏武牧羊 ·

汉武帝派苏武持节（节，古代使者拿着作为凭证的东西）出使匈奴，苏武却被扣留在了匈奴。单于（chán yú，匈奴君主的称呼）多次派人劝说他投降，苏武也不肯变节。于是单于又把他关进了地窖（jiào），不给他食物，苏武仍没有屈服。

单于见威逼、利诱都没用，就给了他一群公羊，让他到北海边牧羊，并说："等公羊生了小羊，你才能回去！"这里的北海，指今天俄罗斯西伯利亚南部的贝加尔湖，是当时匈奴的最北之地。那里荒无人烟，冬季漫长，食物不足，是名副其实的苦寒之地。苏武只好靠挖野鼠洞里的草籽充饥，每天仍然持节放羊，多年过去，连旌（jīng）节上的毛都掉光了。期间单于多次派人来劝他投降，他仍不屈服。就这样，艰难地熬过了十九个年头。

汉昭帝始元六年（公元前81年）春天，苏武终于被汉朝迎回。此时的他已经须发全白，是六十多岁的老人了。

咏怀古迹（其三）

〔唐〕杜甫

群山万壑赴荆门①，生长明妃②尚有村。
一去紫台③连朔漠④，独留青冢⑤向黄昏。
画图省识⑥春风面，环佩⑦空归夜月魂。
千载琵琶作胡语，分明怨恨曲中论。

· 创作背景 ·

《咏怀古迹五首》是杜甫于唐代宗大历元年（766年）写成的组诗，分别吟咏了庾（yǔ）信、宋玉、王昭君、刘备和诸葛亮五位历史人物所留下的古迹。诗中表达了对他们的敬佩，抒发了自身的理想和感慨。

·注释·

① 荆门：唐代荆州荆门县，附近有王昭君的家乡。
② 明妃：指王昭君。
③ 紫台：宫廷。这里指汉宫。
④ 朔漠：北方沙漠地区，这里指匈奴所在的地方。
⑤ 青冢：冢，坟墓。这里指昭君墓。
⑥ 省识：认识。
⑦ 环佩：指妇女佩戴的装饰品，此处用物品代指昭君。

·译文·

　　三峡之中，成千上万的山峦（luán）山谷连绵之处便是荆门，那里至今还留存着明妃生长的村庄。昭君当年一离开汉宫就进入茫茫大漠，最终只留下一座坟墓面对着夕阳黄昏。凭借图画如何能看清她春风般的面容，她身死匈奴，只有魂魄能在月夜回到思念的故土。千百年来琵琶声中尽是胡人曲调，仔细听分明是在倾诉着哀怨之情。

·昭君出塞·

据史料记载,王昭君名樯(qiáng),或嫱(qiáng),但具体叫什么,后人也分辨不清了,"昭君"二字很可能是她的字或封号。

王昭君美丽大方,是汉元帝的宫女。《西京杂记》里有一种说法流传很广:汉宫宫女太多,画师毛延寿将这些宫女一一画下来,给汉元帝看,汉元帝把觉得漂亮的选到自己身边,其余的只能在宫里默默无闻,等着老死。王昭君没有贿赂画师,毛延寿便把她画得很一般,所以她在宫中三年,从未见过皇帝。

后来呼韩邪(yé)单于来求亲,王昭君自请和亲。辞行的时候,汉元帝才发现王昭君美貌无比,心里十分惋惜,可是后悔也来不及了。王昭君走后,汉元帝便杀了毛延寿。

昭君前后嫁给了呼韩邪单于和其后继任的复株累单于,她带来的民族和解与民族团结,至今仍被人传颂。

·青冢·

青冢在今内蒙古呼和浩特市南约二十里。传说昭君墓上的草色长青不枯，所以叫"青冢"。

塞下曲（其二）

〔唐〕李益

伏波①惟愿裹尸还，
定远②何须生入关。
莫遣只轮③归海窟④，
仍留一箭定天山。

· 作者简介 ·

李益（746—829），字君虞（yú）。唐代诗人。以边塞诗作出名，擅长绝句，尤其是七言绝句。

·注释·

① 伏波：指东汉的伏波将军马援。

② 定远：指东汉名将，定远侯班超。

③ 只轮：一个车轮。

④ 海窟：瀚海，指广大的塞外沙漠地带。

·译文·

伏波将军马援曾经只愿战死沙场马革裹尸归来，定远侯班超也不愿再活着进入玉门关。战场上要全歼敌人，哪怕是一个车轮也不让它逃回老巢，要像唐初的薛仁贵射出的神箭那样，始终留守边疆，安定天山。

·定远侯班超·

班超是东汉时期著名的军事家和外交家,也是史学家班固的弟弟。永元三年,班超任西域都护,后被封为定远侯。从章和元年(87年)到永元六年(94年),他陆续平定多地叛乱,并击退月氏(zhī)的入侵,保障了西域各族的安全和"丝绸之路"的畅通。

·马革裹尸·

据《后汉书·马援传》中记载:"男儿要当死于边野,以马革裹尸还葬耳,何能卧床上在儿女子手中邪?"这是东汉名将马援对恭维他的人说的话,这里的"马革"指马皮。马援这段话的意思是说,有志男儿应当战死边疆,用马的皮革裹着尸体回来埋葬,怎能躺在床上,死在儿女身边呢?

后人用"马革裹尸"这一成语指军人战死沙场。

·三箭定天山·

据《旧唐书·薛仁贵列传》记载,唐高宗时,薛仁贵任铁勒道行军副大总管,在天山领兵抗击九姓突厥。九姓突厥十余万人为了抵抗唐军,选了数十骑前来挑战。薛仁贵连发三箭,射杀三人,高强的武艺吓得其余人都下马请降(xiáng),于是军中歌道"将军三箭定天山,战士长歌入汉关",以称颂薛仁贵的声威服人。

念奴娇·赤壁怀古（节选）

〔宋〕苏轼

遥想公瑾①当年，小乔②初嫁了，雄姿英发③。羽扇纶巾④，谈笑间，樯橹⑤灰飞烟灭。故国神游，多情应笑我，早生华发⑥。人生如梦，一尊还酹⑦江月。

· 作者简介 ·

苏轼（1037—1101），字子瞻，号东坡居士，眉州眉山（今四川省眉山市）人。北宋著名文学家、书法家、画家。"唐宋八大家"之一，词开豪放一派，与辛弃疾同为豪放派代表。

· 注释 ·

① 公瑾：周瑜的字。

② 小乔：周瑜的妻子，小乔与其姐大乔并称"二乔"，有国色。

③ 英发：指见识卓越，谈吐不凡。

④ 纶巾：青丝织成的头巾。与前面的羽扇一样，是当时的儒雅打扮。

⑤ 樯橹：樯是桅（wéi）杆，橹是外形类似桨的一种工具。樯橹通常代指船只。这里借指赤壁之战。

⑥ 华发：白头发。

⑦ 酹：以酒浇地表示祭奠（diàn）。

· 译文 ·

遥想当年的周瑜，他与小乔新婚燕尔，春风得意，英气满怀，才干卓越，谈吐不俗。在后来的赤壁之战中，他指挥若定，摇着羽毛扇，头戴青丝头巾，潇洒儒雅，在谈笑之中便让曹操的战船化成了灰烬。今日神游赤壁这个当年的战场，我应该嘲笑自己徒有怀古的满腹豪情，可是却过早地生出满头白发。人的一生就像是一场梦，我端来一杯酒，洒在月光照着的江水中，算是对古人的凭吊吧。

·赤壁之战·

相传，汉献帝建安十三年（208年），曹操率领着号称八十万的大军，从江陵（今湖北省荆州市）沿江东下。刘备见形势危急，就派诸葛亮前往江东说服孙权，联合抗曹。孙权被诸葛亮"三分天下"的局势分析说动，派大将周瑜、程普等人率军三万与刘备联合。孙刘联军与曹操的军队在赤壁相遇，隔着长江对峙（zhì）。

当时，由于曹操的士兵多来自北方，不习惯水战，所以曹操水军的战船都是用铁索连在一起的，以减轻船体的颠簸（diān bǒ），方便士兵在船上行走。

为了攻破曹军，周瑜的部将黄盖向曹操谎称要投降。趁着罕见的东南风起，黄盖带了一艘艨艟（méng chōng，古代一种有良好防护、速度很快的战船），里面装满浇了油的柴草，顺着风势驶向曹军水寨。

到了离营寨不远处时,船上的柴草突然被点燃,刹(chà)那间,快艇变成了火船,直朝曹军水寨冲去。由于火大风强,曹军的战船很快烧了起来,铁索的固定让战船仓促间根本无法分散,结果,曹操的人马烧死、溺死的不计其数。孙刘联军分水、陆两路乘势进攻,曹军大败。这就是历史上赫(hè)赫有名的"赤壁之战"。

赤 壁

〔唐〕杜牧

折戟①沉沙铁未销②,
自将③磨洗认前朝④。
东风不与周郎便,
铜雀⑤春深锁二乔⑥。

· 创作背景 ·

　　这首诗是作者经过赤壁这个著名的古战场,有感于三国时代的英雄成败而写下的。诗虽以地名为题,实际上却是怀古咏史之作。

·注释·

① 折戟：折断了的戟。戟，一种古代兵器。

② 销：毁。

③ 将：拿起。

④ 认前朝：辨认出是前朝旧物。

⑤ 铜雀：铜雀台。

⑥ 二乔：江东乔公之女，大乔嫁与孙策，小乔嫁与周瑜。

·译文·

　　一支折断了的戟沉在水底的沙中还没有被销蚀掉，又磨又洗发现这是三国时代赤壁之战的遗留之物。假如东风不给予周郎方便的话，战争谁胜谁负还很难说，说不定连二乔都会成为锁在铜雀台中的俘虏（fú lǔ）。

·古代兵器——戟·

戟是我国历史上很有特点的兵器之一，它由戈和矛结合而成，既能刺击又能勾杀。因为功能多样，在东周时期非常盛行，当时的戟多由青铜制成，到了战国时出现了铁戟。

·铜雀台·

铜雀台是曹操晚年在邺（yè）城所造的楼台，邺城是曹魏时期最为繁盛富庶（shù）的地方之一，即使这样，铜雀台的巨大工程量也给当时的人民带来了极重的负担和痛苦。

铜雀台造好以后，曹操还在楼台上建了楼阁，有姬妾歌伎居住，供他取乐。后来他还建了金虎台、冰井台，如今我们在河北省临漳（zhāng）县还能看到金虎台的遗址，而铜雀台和冰井台，已不见踪迹。

七步诗①

〔三国·魏〕曹植

煮豆燃②豆萁③，
豆在釜④中泣⑤。
本是同根生，
相煎⑥何太急？

· 作者简介 ·

曹植（192—232），字子建，沛国谯县〔今安徽省亳（bó）州市〕人，三国时期著名文学家。曹植曾被封为陈王，谥号"思"，所以也被世人称为"陈思王"。

· 注释 ·

①《七步诗》：这首诗有两个版本，本书中选用流传较广且简单易懂的版本。

②燃：燃烧。

③豆萁：豆茎，豆子收割后留下的部分，可用来烧火。

④釜：锅。

⑤泣：哭。

⑥相煎：煎，煎熬。这里是逼迫的意思。

· 译文 ·

锅里煮着豆子，豆茎在锅底下燃烧，豆子在锅里面哭泣。豆子和豆茎本来是同一条根上生长出来的，这样急迫地煎熬又是为什么呢？

七步作诗

魏王王后卞(biàn)夫人生有四个儿子,分别为曹丕(pī)、曹彰、曹植和曹熊。三儿子曹植非常有才华,曾被曹操寄予厚望,几次差点要立曹植为太子。但曹植这个人喜爱喝酒,一喝起来非闹个大醉不可,而且做事又不愿意遵守规矩制度,惹怒了曹操很多次,渐渐地,曹操就不那么喜欢他了。

相比之下,嫡长子曹丕一直老老实实、规规矩矩,不光朝廷大臣,连王宫里的人都替他说好话。所以最终曹丕被立为太子,并在曹操死后,掌握了大权。

但曹丕继位后,一直担心曹彰和曹植夺权(卞夫人的小儿子曹熊很早就去世了),又听到有人报告说,曹植在封地喝醉了酒大骂自己派去的使者。因为曹丕早就看不惯曹植傲慢的样子了,便下令把他找来,命他七步之内做出一首诗,否则就要按国法惩罚他对使者的傲慢无礼。

没想到曹植刚走了两三步,就随口吟出了这首《七步诗》,曹丕被诗文的内容触动,半天没有说话。后来曹丕决定宽恕曹植的行为,只把他的封地稍微减少了一些,以示惩戒。

蜀相

〔唐〕杜甫

丞相祠堂何处寻？锦官城①外柏森森②。

映阶碧草自春色，隔叶黄鹂空好音③。

三顾④频烦天下计，两朝⑤开济⑥老臣心。

出师未捷身先死，长使英雄泪满襟。

· **作者简介** ·

杜甫（712—770），字子美，自号少陵野老，唐代伟大的现实主义诗人，与李白合称"李杜"。

杜甫自幼好学，"七龄思即壮，开口咏凤凰"，即他七岁时写出的诗，就在歌颂凤凰的高洁品格。

· 注释 ·

① 锦官城：即成都，也叫"锦城"。
② 森森：繁盛的样子。
③ 空好音：白白有好声音。
④ 三顾：指刘备"三顾茅庐"之事。
⑤ 两朝：指蜀先主刘备和后主刘禅（shàn）。
⑥ 开济：开指辅佐刘备开国；济是帮助，这里指辅佐刘禅承继大业。

· 译文 ·

　　去哪里寻访蜀相诸葛孔明的祠堂呢？就在那成都城外古柏华茂的地方。那里的碧草显露春色默默生长，叶间的黄鹂空有婉转鸣唱的好声音。想当年，从刘备三顾茅庐问计天下开始，诸葛亮辅佐两朝君王，鞠躬尽瘁。然而，他率军北伐还没有获得胜利就早早去世了，这使得后世英雄为之无限感伤，以致泪水沾满衣衫。

·诸葛亮·

诸葛亮（181—234），字孔明，三国时期蜀国杰出的政治家和军事家。诸葛亮小时候因父母先后去世，便跟随叔父寄住荆州，隐居在襄阳隆中（今湖北襄阳）。在这期间他刻苦学习，时刻关注着当时的政治形势。熟悉他的人都十分敬重他，称他为"卧龙"。

三顾茅庐

"三顾茅庐"说的是刘备三次拜访诸葛亮,请他出山辅佐自己的故事。

当时,多年的军阀(fá)混战并没有让刘备获得稳固的地盘,他只能被迫跑到荆州去投靠刘表。在荆州,刘备认识了很多知名人士,比如司马徽(huī)和徐庶(shù),这两个人也是诸葛亮的好朋友。他们极力向刘备推荐诸葛亮,经过他们的介绍,刘备迫切希望这位卧龙先生能够出山辅佐自己。

刘备为了表示自己的诚意,一连三次,冒着严寒亲自到隆中去请诸葛亮。前两次都没有见到诸葛亮,直到第三次,诸葛亮相信了刘备的诚意,终于出来相见。这就是"三顾茅庐"的故事。

现在,人们用"三顾茅庐"这一成语比喻诚心实意一再邀请。

经五丈原①

〔唐〕温庭筠

铁马②云雕③久绝尘④,柳营⑤高压汉宫春。
天清⑥杀气屯关右⑦,夜半妖星⑧照渭滨。
下国⑨卧龙空寤主,中原得鹿不由人。
象床锦帐⑩无言语,从此谯周⑪是老臣。

·创作背景·

《经五丈原》又名《过五丈原》,是温庭筠(yún)路过五丈原旧营废址时,为怀念三国时期著名政治家、军事家诸葛亮而创作的一首怀古咏史诗。全诗表达了作者对诸葛亮"出师未捷身先死"的惋惜与竭智尽忠的敬仰之情,同时也包含了对后主刘禅和谯周投降误国的嘲讽。

·注释·

① 五丈原:诸葛亮第五次北伐时,在这里筑城屯兵,也在这里因劳累病逝。遗址在今陕西省岐山县南。
② 铁马:铁骑,军容整齐、战斗力强大的军队。
③ 云雕:画有鹰隼(sǔn)的旗帜,这里指战旗。
④ 绝尘:脚不沾尘,形容行军速度极快。
⑤ 柳营:细柳营,西汉周亚夫屯兵之地,这里比喻军营。
⑥ 天清:也作"天晴",这里指秋季。
⑦ 关右:古人以西为右,这里指函谷关以西的地方。
⑧ 妖星:流星。古人认为天上有流星划过,预示灾难降临。
⑨ 下国:偏处西南的蜀国。
⑩ 象床锦帐:五丈原诸葛亮祠庙中神龛(kān)里的摆设。
⑪ 谯周:因见民生凋敝而反对北伐,是劝刘禅投降曹魏的大臣之一,后世对他褒贬不一。

·译文·

　　金戈铁马,军旗猎猎,大军浩荡北伐,蜀汉的军队直逼长安。秋风高天之下,杀气弥漫在函谷关以西,这时流星划过,首将阵前亡故。蜀国的卧龙之才空自效忠主公,三国争雄,鹿死谁手,最终也难遂人愿。供奉在武侯祠里的蜀相再也不能进言献策了,只能默默看着那谯周成为后主信任的老臣。

·鞠躬尽瘁，死而后已·

蜀汉在昭烈帝刘备征吴失败后，受到了很大的打击，幸亏有丞相诸葛亮将局势稳住，才没有让情况进一步恶化。可是自此以后，刘备一病不起，他过世前，将儿子刘禅托付给诸葛亮。

后主刘禅即位，改年号为建兴。诸葛亮采取的策略是：先和吴王孙权缓和关系，然后出征益州南部，降服当地的少数民族以安定后方，接着再专心对付魏国。建兴五年（227年）诸葛亮屯兵汉中，准备北伐，临行前上书给后主，这就是我们耳熟能详的《出师表》。诸葛亮"六出祁山"希望可以北伐成功，可惜建兴十二年（234年）病逝在五丈原，真正为蜀汉"鞠躬尽瘁，死而后已"。

后来刘禅接受光禄大夫谯周的建议向曹魏投降，全家迁往洛阳，被魏元帝封为安乐公。刘禅在洛阳生活很是安乐，甚至忘记了亡国之痛。诸葛亮兴复汉室的理想终究没有实现。

·乐不思蜀·

据记载,蜀汉亡国后,司马昭曾问刘禅想不想念西蜀。刘禅说:"此间乐,不思蜀。"就是很快乐,不思念蜀国的意思。后世用"乐不思蜀"来形容乐而忘返。

西塞山①怀古

〔唐〕刘禹锡

王濬楼船②下益州,金陵王气黯然③收。

千寻铁锁沉江底,一片降幡出石头。

人世几回伤④往事,山形依旧枕⑤寒流⑥。

今逢四海为家⑦日,故垒萧萧芦荻秋。

· 作者简介 ·

刘禹锡(772—842),字梦得,晚年自号庐山人,洛阳(今河南省洛阳市)人。唐朝文学家、哲学家,有"诗豪"之称。

·注释·

① 西塞山：在今湖北，山势险要，峻峭临江，为三国时东吴的江防重地。

② 楼船：大型战船。

③ 黯然：暗淡无光的样子。

④ 伤：感伤。

⑤ 枕：靠。

⑥ 寒流：指长江。

⑦ 四海为家：指国家统一。语出《史记·高祖本纪》："天子以四海为家。"

·译文·

　　王濬的战船自益州（成都）东下，金陵的帝王瑞气便黯然消逝。吴国千丈长的铁链也被烧沉江底，一片投降的白旗挂在石头城头。人间总有兴亡更替，高山却依旧枕着长江，江水依旧自顾自地流淌。从此天下统一，看那秋风飒飒（sà），芦荻（dí）在旧垒上飘摇。

·三国鼎立·

赤壁之战后,诸葛亮与刘备在隆中对时预计三分天下的形势形成了:刘备坐稳了荆州,后来又占据了益州,221年,刘备在成都称帝,国名为蜀汉;曹操是魏王,他占据的北方被称为曹魏,220年,曹操去世后,他的儿子曹丕继位并称帝,史称魏文帝;孙权占据江东,222年被魏文帝曹丕封为吴王,江东被称为东吴,229年,孙权称帝。

·西晋灭吴·

公元280年,西晋大将王濬等率水师从益州出发,沿江东下,向东吴发起进攻。

东吴曾在西塞山前的江中用铁锁横截,又将巨大的铁锥暗插在江心,用来阻断江路。晋军探知这一军情后,先用筏扫除铁锥,再用油船将铁索烧断,一路势如破竹,建业(今南京市)随即失守。随着吴主孙皓向晋国投降,原本英雄豪杰并起的三国时代自此落幕。

汴河① 怀古（其二）

〔唐〕皮日休

尽道隋亡为此河，
至今千里赖②通波。
若无水殿龙舟事③，
共禹论功④不较多。

· 作者简介 ·

皮日休（约838—约883），字逸少，后改袭美，自号醉吟先生，晚唐诗人、文学家。他的诗很有风骨，也常常带有自己的评价和议论。后来参加了黄巢起义，起义失败后不知所踪。

·注释·

① 汴河：这里指通济渠。隋炀帝下旨开挖的大运河的首期工程，连接黄河与淮河。
② 赖：依赖，必不可少。
③ 水殿龙舟事：隋炀帝下扬州乘龙舟出游，他的龙舟称为"水殿"。
④ 共禹论功：作者在这里肯定了隋朝大运河的积极意义，认为可以和大禹治水的功绩相比。

·译文·

都说隋朝灭亡是因为这条河，但是到现在它还在流淌不息，南北舟楫（jí）因此畅通无阻。如果不是有那乘水殿龙舟巡幸江南，极度豪奢的事情，隋炀帝做这件事情的功绩几乎可以和大禹治水的旷世奇功相比了。

·修建通济渠·

隋朝大业元年（605年）三月二十一日，隋炀帝发动黄河以南各郡县境内，超过一百万名百姓开凿通济渠。计划从东京洛阳附近的西苑引谷水、洛水到黄河，再将黄河水引到淮河，使黄河与淮河相通。

不同于隋文帝开凿广通渠是为了解决运输粮食的问题，隋炀帝开凿通济渠还有玩乐的目的。开凿运河的同时，他还派人到江南选取木材，建造数万艘豪华大船。

耗费大量的人力、物力之后，通济渠终于在半年内凿通，大船也造好了。隋炀帝在八月便乘上龙舟到江都（今江苏省扬州市）游玩。数万艘船浩浩荡荡在水面上航行，绵延两百多里，所到之处，地方的官员百姓还必须为他们准备粮食，吃不完的粮食被就地掩埋，十分浪费。

游玩一圈回来后，隋炀帝又改从陆路出发再次出游。为了显示皇家气派，隋炀帝的属下要求地方郡县提供鸟兽羽毛等装点在各式旗帜上，百姓只能到处捕捉鸟兽，以致农事荒废，民不聊生。

别①董大②（其一）

〔唐〕高适

千里黄云白日曛③，
北风吹雁雪纷纷。
莫④愁前路无知己⑤，
天下谁人不识君⑥？

·作者简介·

高适（约700—765），字达夫，沧州渤海县（今河北省景县）人，唐代著名边塞诗人。高适的诗主要写边塞风光，思想深刻。与岑参（shēn）并称"高岑"。

· 注释 ·

① 别：告别，分别。

② 董大：唐代著名琴客董庭兰，高适的知音好友，精通音律。

③ 曛：昏暗。

④ 莫：不要。

⑤ 知己：知音、好友。

⑥ 君：古代对人的尊称，这里指董大。

· 译文 ·

　　黄昏的落日把绵延千里的浮云染得暗黄，北风呼啸（xiào），大雪纷纷，大雁往南飞。不要担心前方的路上遇不到知己，天下还有谁不认识您呢？

·边塞诗·

边塞诗又称"出塞诗",一般取材边疆地区军民生活和自然风光,风格恢宏大气,思想内容深刻,想象力丰富,兼具现实意义和艺术价值。

边塞诗最早起源于汉魏六朝时代，唐朝是边塞诗发展的黄金时代。有很多亲身经历过边塞战争的诗人或者旅居边塞、有边塞见闻的诗人写作边塞诗。边塞诗内容大概分为四种，分别是边塞的自然风景、边塞战士的军旅生涯、边塞战士驻守边关建功立业的志向、边塞将士的思乡之情。著名代表诗人有岑参、王昌龄、王之涣（huàn）、高适等。

据统计，唐以前的边塞诗，流传下来的不到二百首，但是《全唐诗》中收录的边塞诗多达两千多首，可见唐朝边塞诗有多兴盛。

凉州词①

〔唐〕王翰

葡萄美酒②夜光杯③,
欲饮琵琶马上催。
醉卧④沙场⑤君莫笑,
古来⑥征战几人回?

·作者简介·

王翰,字子羽,唐并州晋阳(今山西省太原市)人,唐代著名边塞诗人。

·注释·

① 凉州词：唐代乐府的曲名。
② 葡萄美酒：西域盛产葡萄，那里的葡萄酿出的葡萄酒甘甜醇美，酒香浓郁，这里指西域美酒。
③ 夜光杯：相传是精致的玉制酒杯。
④ 卧：躺。
⑤ 沙场：战场。
⑥ 古来：从古至今。

·译文·

　　举着精致的夜光酒杯，倒入甘醇的葡萄美酒，正要畅饮之时，被马上传来的琵琶声打断了。醉就醉个痛快，醉倒在沙场上也请你别笑我。从古至今，在战场上征战厮杀的勇士又有几个能活着回来？

·唐朝商贸·

唐朝经济繁盛,文化科技也处于世界领先地位,与周边国家文化交流和商业往来频繁,形成万邦来朝的局面。

唐朝都城长安是当时世界上第一繁华的城市,街市分成东、西两个市场,市场内有各种各样的店铺。百姓在街市上购物、看花、吟诗、赏花灯,还能看到作诗的文人,穿着鲜艳衣服的美女,贩卖丝织品、茶叶、香料的商贩,等等。唐朝不仅民风开放,还有很多国外的留学生到长安、洛阳学习。

唐朝社会开放程度如此之高，同西域地区商贸往来自然较多，绿宝石、胡椒等都从西域传入唐朝。西域盛产的葡萄酒，唐朝人自然也喝得到。

赋得①古原②草送别

〔唐〕白居易

离离③原上草,一岁④一枯荣⑤。
野火烧不尽,春风吹又生。
远芳⑥侵⑦古道,晴翠⑧接荒城。
又送王孙⑨去,萋萋⑩满别情。

· 作者简介 ·

白居易(772—846),字乐天,晚年号香山居士。他是唐代伟大的现实主义诗人,非常关心百姓的疾苦。

白居易的诗歌题材广泛,形式多样,语言平易通俗,有"诗魔"和"诗王"之称。

· 注释 ·

① 赋得：命题诗的一种指定形式，这首命题诗指定的题目是"古原草"。
② 原：原野。
③ 离离：茂盛的样子。
④ 岁：年。
⑤ 枯荣：枯，枯萎。荣，茂盛。
⑥ 远芳：芳香的野草。
⑦ 侵：蔓延。
⑧ 晴翠：阳光照射下野草的样子。
⑨ 王孙：贵族，泛指游子。这里指的是自己的朋友。
⑩ 萋萋：形容草木长得茂盛的样子。

· 译文 ·

原野上的草又长又多，每年秋天变黄枯萎，春天又变绿青葱。无情燃烧的火只能烧掉枯叶却烧不到根，春风吹拂之时，草又顽强地获得重生。芳香的野草蔓延到古道上，草地的尽头是你将要远行的路。我又一次要送别好友，浓密的草好像知道我的心情一般，也充满不舍。

·科举制度·

科举制度,是中国古代通过考试选拔官吏的制度。科举制度打破了官史选拔被血缘世袭关系和世家大族垄断的状况,普通士子应举,可以自己报名参加,不必非得由公卿大臣或州郡长官特别推荐。

科举制改善了朝廷原来的用人制度,让社会中下层有能力的读书人有应试做官的机会,在官员选拔上更加公平,这是科举制度的积极作用。

在科举制度发展成熟之初的唐宋时期,其积极性还占主导地位。但在宋代以后,随着封建专制的加剧,科举制度的消极性越来越大。宋代以后,科举制度使儒学成为统治者控制臣民的工具;官僚队伍壮大,但从事科学技术研究的人才力量相对薄弱,士大夫知识阶层的文化创造能力每况愈下。

·白居易应试·

据传《赋得古原草送别》是白居易十六岁时参加科举考试所作。因为科举考试中,命题文章前要加"赋得"二字。

"赋得"诗的做法与咏物诗很相似,通过对景物的描写,抒发诗人要表达的情感,也就是常说的"托物言志"。

悯农（其二）

〔唐〕李绅

锄禾① 日② 当午③，
汗滴禾下土。
谁知盘中餐④，
粒粒皆⑤辛苦？

· **作品赏析** ·

《悯农二首》在百花竞放的唐代诗苑并不能算是精品，但却流传极广、妇孺皆知。就是因为这两首诗用贴切的语言，写出了人们可能熟知却又没有深思的景象，深刻道出了当时广大农民的疾苦，作者李绅也因此被誉为"悯农诗人"。此外，李绅还作有《乐府新题》二十首，是新乐府运动的重要参与者。

·注释·

① 锄禾：在田间除草。

② 日：太阳。

③ 当午：正当中午。

④ 餐：米饭。

⑤ 皆：都。

·译文·

时至中午，烈日当空，农民在田间锄地，辛劳、炎热交加流下的汗水都滴落在土地里。有谁知道我们碗中香喷喷的米饭，每一粒都是农民辛苦劳作才收获的啊。

·新乐府运动·

古代西汉时设置的乐（yuè）府，是一个朝廷职能部门，掌管宫廷和朝会的音乐。由乐府采集和创作的诗歌被称作"乐府"或"乐府诗"。有很多乐府诗来自民间歌谣，因为可以配合乐曲吟唱，往往通俗易懂、反映现实。

新乐府，是相对于汉乐府而言的，新乐府运动是由唐代诗人白居易和元稹等主导的诗歌革新。他们主张"文章合为时而著，歌诗合为事而作"，恢复古代的采诗制度，加强诗歌讽喻时事的作用，用他们新创的乐府题目写时政诗歌，以起到"补察时政""泄导人情"的作用，而不是仅仅以能够谱曲吟唱作为衡量标准。这让诗歌有了更多现实意义。

　　当时的乐府诗中有很多名作，比如白居易的《新乐府》五十首，元稹的《田家词》《织妇词》，张籍的《野老歌》，王建的《水夫谣》等。

绝句① 四首（其三）

〔唐〕杜甫

两个黄鹂②鸣③翠柳，
一行白鹭④上青天。
窗含⑤西岭⑥千秋雪⑦，
门泊东吴⑧万里船⑨。

·作者简介·

杜甫的诗现实主义风格浓厚，核心思想是儒家的仁政。但有时他的诗也有狂放不羁（jī）的一面，从其诗作《饮中八仙歌》中，可以看出杜甫的豪气。

·注释·

① 绝句：古诗的一种体裁。每首四句，每句有五个字和七个字之分，五个字的称为"五言绝句"，七个字的称为"七言绝句"。

② 黄鹂：雀形目、黄鹂科、黄鹂属鸟类的通称，属于中型鸣禽。

③ 鸣：啼叫。

④ 白鹭：一种羽毛为白色的水鸟，以鱼虾、昆虫等小型动物为食。

⑤ 窗含：隔窗望见。

⑥ 西岭：西岭雪山，位于四川省成都市大邑县境内，山顶终年积雪。

⑦ 千秋雪：很久不化的积雪。千秋形容时间很长。

⑧ 东吴：古代吴国，指现在江苏省一带。

⑨ 万里船：从万里外驶来的船，形容成都到东吴之远。

·译文·

　　两只黄鹂绕着翠绿的柳枝鸣叫，一行白鹭直飞上云霄。我站在窗前，眺望远方西岭山上终年不化的积雪，还有近处门前停泊着的不远万里驶来的东吴船只。

·安史之乱起因·

这首诗写于安史之乱平定后。

唐朝开元年间，社会经济达到空前繁荣，呈现盛世的局面，史称"开元盛世"。但同时由于封建经济的发展，土地兼并严重，均田制遭到破坏，许多农民失去土地成为流民，导致平民百姓不断迁徙，百姓赋税负担过重，社会矛盾加剧。与此同时，朝廷内部统治集团日益腐败。开元末年，唐玄宗就开始沉迷声色，不思进取，不理朝政，杨贵妃家族干涉政务，权倾朝野。据传，唐玄宗特别宠爱杨贵妃，她骑马时，有大臣为她牵马；她喜欢吃荔枝，就有人专程快马加鞭从南方运送荔枝到长安；宫中专为贵妃院织锦刺绣

的工匠就达七百人；杨贵妃姐妹三人每年脂粉钱就上百万。杨氏家族权欲熏心，过着荒淫糜烂的生活。

唐玄宗后期，奸臣当道，号称"口有蜜、腹有剑"的李林甫（fǔ）干涉朝政达十九年。前有李林甫，后有杨贵妃的哥哥杨国忠，他上台后，徇私枉法，嚣（xiāo）张跋扈（hù），不顾天下安危，更与当时同是权臣的安禄山之间矛盾不断加深。社会矛盾和阶级矛盾的激化，最终酿成一场大乱。

春望

〔唐〕杜甫

国破山河在①,城春草木深。

感时②花溅泪③,恨别④鸟惊心。

烽火⑤连三月⑥,家书抵万金。

白头搔⑦更短,浑⑧欲不胜簪。

·创作背景·

公元755年(唐玄宗天宝十四年)爆发了"安史之乱",唐朝自此由盛转衰、国力锐减、人民生活困苦。在这样的背景下,杜甫在自己的作品中用抒情与叙事结合的方式,记录了当时的战事徭役和百姓的饥饿贫穷,诗文体现了强烈的忧国忧民之情,杜甫也因此被后人誉为"诗圣",他的诗被称为"诗史"。

·注释·

① 山河在：山河依旧如故。

② 感时：伤感国事，悲伤于当下此时。

③ 花溅泪：花都仿佛在流泪。这里将作者的感情映射到他物上，下句同理。

④ 恨别：怅恨离别。

⑤ 烽火：古时用来传递战事信息的烟火，这里指安史之乱的战火。

⑥ 连三月：三月指正月、二月、三月，一个春天。这里的"连三月"指从去年春天，一直到当年春天。

⑦ 搔：抓头，挠头。

⑧ 浑：简直。

·译文·

　　国都长安沦陷了，山河却依旧在；城池已逢春天，可是荒草丛生，人烟荒芜。我痛感国祸时局，又与家人分别，看那花都仿佛流泪，鸟都心惊不已。战火从去年持续到今春，哪怕付出万金都换不到一封家书。我悲苦地熬白了头发，连白发都日渐稀少，束发的簪子简直都快插不住了。

·安史之乱·

安禄山是胡人，通九蕃语言，骁（xiāo）勇善战，深得唐玄宗信任。他曾身兼三地节度使，又以节度使身份受封为王，掌握着唐朝的重要边防，位高权重。天宝十四年（755年），安禄山以讨伐杨国忠为名，率领胡汉兵马十万余人在幽州造反，"安史之乱"爆发，中原陷入战乱之中。

公元756年夏，安禄山的军队攻下了潼关，进入长安。

安禄山在攻陷长安以前，曾在洛阳称帝，国号大燕。公元757年，安禄山被他的儿子安庆绪所杀。唐军趁机反攻，先后收复长安、洛阳。

唐肃宗乾元二年（759年），洛阳再度失陷。安禄山旧部史思明起兵，杀了安庆绪，自立为大燕皇帝。肃宗上元二年（761年），史思明被他的儿子史朝义所杀，叛军势力逐渐衰弱。次年，唐军再次收复洛阳。史朝义逃往河北,他的许多部将向唐朝投降。上元三年(762年),唐玄宗去世,同年唐肃宗去世,太子李豫即位,是为唐代宗。代宗广德元年(763年),史朝义自杀而亡。

至此,历时八年的安史之乱终于结束了,可是唐朝已经元气大伤,从兴盛进入了衰落。

马 嵬（其二）

〔唐〕李商隐

海外徒闻①更九州,他生未卜此生休。
空闻虎旅②传宵柝③,无复鸡人④报晓筹。
此日⑤六军同驻马⑥,当时七夕笑牵牛。
如何四纪⑦为天子,不及卢家有莫愁。

· 作者概况 ·

　　李商隐是唐代后期诗坛巨匠之一,他的诗歌风格独特,意蕴深远,其中不仅有反映政治和社会现实的题材,还包括咏怀、咏物等主题,其中,以吟咏内心情感的诗歌最富特色,他的很多无题诗都属于这一类别。

·注释·

①徒闻：空闻，没有意义的传说。

②虎旅：指护卫唐玄宗外逃的军队。

③宵柝：夜间巡逻时用的梆（bāng）子，敲击会发出声音。

④鸡人：古代在夜间负责打更报时的人。

⑤此日：指马嵬兵变当天，即天宝十五年（756年）六月十四日。

⑥驻马：指军队停滞不前。

⑦四纪：古代以十二年为一纪，四纪即为四十八年。唐玄宗实际在位四十五年，这里是大概的说法。

·译文·

　　传闻海外还有九州，能容留人世间那美好的传说，还没说得清生生世世的事，今生的情缘就已走到尽头。耳边听到的是禁卫军中传来的梆子声，再也听不到宫中报晓的更筹。事变发生的这一天，六军齐齐停滞不前，遥想当年七夕，还嘲笑牛郎织女一年一度的相见短暂。为什么当了四十多年的皇帝，拥有无上的权力，却还比不上普通百姓卢家男子，能与妻子莫愁相伴终老呢！

·杨贵妃·

　　杨贵妃，小字玉环，号太真。她美丽动人，善音律歌舞，天宝三年（744年）入宫，非常得唐玄宗宠爱，次年被封为贵妃。之后杨贵妃的亲属也靠着杨贵妃得宠的关系，逐渐在朝廷内外得到权势。

·马嵬之变·

安史之乱爆发后,叛军直逼长安,唐玄宗携杨贵妃、宰相杨国忠、太子李亨以及部分皇亲国戚,在禁军护卫下,仓皇出城向西逃亡。行至马嵬坡时,护卫军队不愿再前行,把长期对杨国忠的愤恨宣泄了出来,杀了杨国忠。因为杨家人得势的原因都在杨贵妃,他们还要求唐玄宗处死杨贵妃。唐玄宗在不得已的情况下,只能让杨贵妃自缢而死。这就是历史上有名的"马嵬之变"。

登金陵凤凰台

〔唐〕李白

凤凰台上凤凰游,凤去台空江自流。
吴宫①花草埋幽径,晋代衣冠②成古丘③。
三山④半落青天外,二水⑤中分白鹭洲。
总为浮云⑥能蔽日,长安不见使人愁。

· 创作背景 ·

这首诗是天宝六年(747年)李白到达金陵,登临凤凰台所写,在登凤凰台的诗作中,被推为"绝唱"。

·注释·

① 吴宫：指三国时东吴孙权在金陵建造的宫殿。

② 衣冠：衣服和帽冠，是古代有一定身份、地位的人的装束，这里借指达官贵人、社会名流。

③ 古丘：荒凉的古坟。

④ 三山：山名，在南京市西南的长江边上，有三峰并列，因此得名。

⑤ 二水：秦淮河从南京城中穿过，向西汇入长江，被白鹭洲分为两支。

⑥ 浮云：飘浮的云彩。因为云彩能遮挡太阳，这里用来比喻皇帝身边搬弄是非、蒙蔽皇帝的奸佞（nìng）之徒。

·译文·

当年的凤凰台上，凤凰起舞栖（qī）游，祥瑞呈现盛景；今日凤去台空，唯有那滔滔江水依旧奔流。曾经的吴宫鲜花烂漫，可如今那幽径却已被荒草掩埋。晋代的达官显贵，也成了古坟土丘。今日只有那三山，若隐若现在青天之外，还有那二水中间静卧着的白鹭洲。太阳普照天下，却总是被那浮云遮住，我望不见长安，心中不胜忧愁。

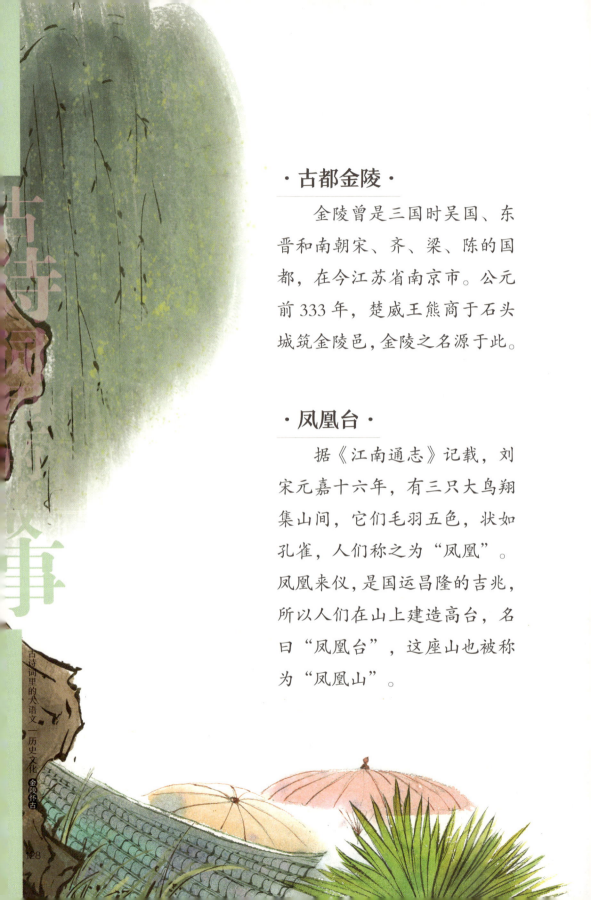

·古都金陵·

金陵曾是三国时吴国、东晋和南朝宋、齐、梁、陈的国都,在今江苏省南京市。公元前333年,楚威王熊商于石头城筑金陵邑,金陵之名源于此。

·凤凰台·

据《江南通志》记载,刘宋元嘉十六年,有三只大鸟翔集山间,它们毛羽五色,状如孔雀,人们称之为"凤凰"。凤凰来仪,是国运昌隆的吉兆,所以人们在山上建造高台,名曰"凤凰台",这座山也被称为"凤凰山"。

·四灵·

在古代,凤凰、麒麟(qí lín)、龟、龙都是祥瑞的标志,被称为"四灵"。

凤凰

凤凰是古代传说中的百鸟之王,雄的为"凤",雌的为"凰"。

麒麟

麒麟的头像龙,体形像鹿,独角,全身生鳞甲,尾像牛,是传说中的仁兽、瑞兽。

龙

龙是我国古代神话传说中生活在海里的神异生物,身体像蛇,有鳞,有角,有利爪,能飞天,能潜水,还能兴云降雨。

龟

古人认为龟是一种通灵而且长寿的动物,因此是长寿和不死的象征。

赠汪伦①

〔唐〕李白

李白乘舟将②欲行③，
忽闻④岸上踏歌声⑤。
桃花潭⑥水深千尺，
不及⑦汪伦送我情。

·作者概况·

李白幼时随父迁居绵州昌隆（今四川江油）青莲乡，少年即显露才华，吟诗作赋，博学广览，并好击剑行侠。李白生性爱喝酒，喜欢饮酒作诗，为人豪爽，广交朋友。

·注释·

① 汪伦：李白的好友。

② 将：正要。

③ 行：出发。

④ 闻：听见。

⑤ 踏歌声：边唱歌边打节拍。

⑥ 桃花潭：位于今安徽省泾县西南边。

⑦ 不及：比不上。

·译文·

　　我刚乘上小舟准备出发，忽然听到岸上传来一阵脚踏地面打着节拍唱歌的声音。即便桃花潭的水有千尺深，也比不上汪伦送我的这份情。

·十里桃花与万家酒店·

桃花潭是否有千尺深,已经无法考证,但李白和汪伦的友情,却引发世人对桃花潭的美好遐想。关于这一段友情,还流传着一段有趣的传说。

喜欢李白的人都知道,李白生性好旅行,喜欢豪饮,汪伦自然也是知道的。于是,在邀请李白时,汪伦取了个巧:"先生好游乎?此处有十里桃花;先生好饮乎?此处有万家酒店。"这一句恐怕直接戳中了李白的心,于是他欣然前往。几个月后,李白跋山涉水赶到桃花潭,见了"十里桃花"和"万家酒店"放声大笑。可这并不是由于愿望终于实现,而是那"十里桃花"与"万家酒店"

名不副实,不是桃花有十里,而是汪伦家十里外有桃花潭,不是酒店有上万家,而是酒店的老板姓万。

李白不愧为豪爽诗仙,不但没失望,反而为汪伦的盛情所感动。此后两人开怀畅饮,人生喜乐就都在酒中了。几日后,李白告别汪伦,临行时赠诗,就有了"桃花潭水深千尺,不及汪伦送我情"这样的千古绝唱。听了这个故事,你是否也觉得,"深千尺"是对"十里桃花"与"万家酒店"的回应呢?

六月二十七日望湖楼①醉书（其一）

〔宋〕苏轼

黑云翻墨②未遮③山，
白雨跳珠④乱入船。
卷地风⑤来忽吹散，
望湖楼下水如天⑥。

·作者概况·

苏轼在诗、词、散文、书、画等方面都有很高造诣（yì）。他的诗题材丰富、独具风格，与黄庭坚并称"苏黄"。他词开豪放一派，与辛弃疾同是豪放派代表，并称"苏辛"。

·注释·

① 望湖楼：原名"看经楼"，位于当时西湖边昭庆寺前。
② 翻墨：像墨汁一样翻涌。
③ 遮：遮盖。
④ 跳珠：形容雨滴像珍珠一样跳动。
⑤ 卷地风：风卷地而起。
⑥ 水如天：水天相接。

·译文·

　　天上像墨汁一样的乌云不断翻涌，还没遮住山呢，反射着白光的雨点就像珍珠一样蹦跳着落到了船上。一阵大风从地面席卷而上，忽然间把雨吹散了，待风雨过境，望湖楼下水天相接，一片温柔。

·苏轼应试·

苏轼性格旷达率真,喜欢交朋友,爱好广泛,在美食、品茶和旅行上投入很多热情,而且都有一些趣事流传下来。想必这些故事,你已经听说不少,但这些都是他成名之后的故事了,那么,苏轼是如何成名的呢?这要从他初出茅庐,进京赶考说起。嘉祐元年,二十一岁的苏轼和父亲苏洵(xún)以及弟弟苏辙(zhé)三人赴京参加科举考试。主考官是正投入在诗文革新中的欧阳修,苏轼在一篇策论中大胆创新,让欧阳修大为赞赏,尤其是其中的一句"皋陶(Gāo yáo)为士,将杀人。皋陶曰杀之三,尧曰宥(yòu)之三。"连欧阳修都不知道出自哪里,所以他误认为

这篇策论定是出自弟子曾巩之笔,为了避嫌,只让苏轼得了第二名。事后,欧阳修知道这篇文章是苏轼所作时,忍不住好奇,就问苏轼那句话的出处,结果苏轼回答:"何必知道出处!"欧阳修听后,更加欣赏苏轼的豪迈,就预言苏轼的文章必将独步天下。后来,果真如他所言。

古诗词里的故事

书湖阴先生①壁（其一）

〔宋〕王安石

茅檐②长③扫净无苔，
花木成畦④手自栽。
一水护田将绿绕，
两山排闼⑤送青⑥来。

· 作者概况 ·

　　王安石曾大力推行改革变法，想要改变北宋积贫积弱的局面。王安石的诗歌遒劲清新，词虽不多但风格高峻。

●注释●

① 湖阴先生：杨德逢，号湖阴先生，是王安石的邻居。
② 茅檐：茅屋檐下，这里指庭院。
③ 长："长"同"常"，经常。
④ 畦：经过修整的一块块田地。
⑤ 排闼：猛地推开门。
⑥ 送青：将青翠的山间景色送到眼前。

●译文●

　　茅草屋经常有人打扫，干净整洁得没有一点青苔。花草树木成行成垄、整整齐齐，都是主人亲手栽下的。庭院外一条小河流过，环绕护卫着田园，远处两座青山相对，像推开了一扇门，将苍翠的山色送至你眼前。

·王安石变法·

大诗人王安石不仅在文学上有很高成就，他还是北宋时期的改革家。

宋神宗熙宁二年（1069年），王安石开始大力推行改革变法。变法涉及很多领域，从农业到手工业、商业，从农村到城市。王安石认为，生产过程中"法不宜太多"，也就是说国家不应过多干预社会生产和生活。此外，王安石还改革了科举考试制度、军事制度。这许多新法如果得以实施，想来会给当时的社会带来新的活力和生机。

但是，正因为变革过多，触犯了地主、官僚阶层的利益。朝廷中几方势力联合起来对抗他，最终新法都被废除，变法以失败告终。

·王安石变法的优点·

王安石为了改变北宋积贫积弱的局面操碎了心，三大方面的变法各有各的优点。

富国之法中，青苗法一定程度上缓和了阶级矛盾，募役法让平民自由选择是否服劳役，方田均税法丈量并合理分配土地，农田水利法鼓励兴修水利工程，市易法目的是稳定物价，均输法让平民生活更方便。

强兵之法中，保甲法是使农闲时有固定数量的人参加军事训练，裁兵法提高了军队素质，将兵法兵将军队安排得更加紧密合理，保马法提高了马匹数量和质量，军器监法让武器的生产效率更高。

取士之法内容中，改革科举制度让考试更加公平，整顿太学丰富了人才和选官类型，唯才用人让低阶人才有被重用的机会。

题临安①邸②

〔宋〕林升

山外青山楼外楼,

西湖歌舞几时休③?

暖风熏④得游人醉,

直⑤把杭州作汴州⑥。

·作者简介·

林升(1123—1189),字云友,号平山居士,南宋诗人。

·注释·

①临安：南宋的都城，今浙江省杭州市。

②邸：客栈。

③休：停止。

④熏：吹拂。

⑤直：简直。

⑥汴州：汴梁，今河南省开封市，北宋的都城。

·译文·

　　一座座青山连绵成片，一座座楼台没有尽头，西湖上的歌舞什么时候能停歇呢？暖洋洋的风吹拂着，那些达官显贵仿佛醉了一样，简直是把暂时苟（gǒu）安的临安当成是失守的汴州城了。

·南宋·

画家张择端为北宋汴京城画出千古名画《清明上河图》,可见宋朝在北宋时期曾一度繁荣。然而,在中国古代,大概每个朝代到了后期都会积累很多问题,宋朝也难免。

时至公元1126年,金人攻打北宋都城汴梁,俘虏了宋徽宗和宋钦宗两位皇帝,这时候,赵构一路逃到江南的临安,也就是今天的杭州,在那里继位为皇帝,北宋灭亡,南宋建立。

但是南宋朝廷的官员每日沉迷于歌舞中，纵情声色、腐败无能，没有奋发图强，也没有想过收复失地，美丽的临安城，也成了他们苟安寻乐的地方。

1279年，崖山海战后，宋军战败。最终，忽必烈率领蒙古骑兵彻底攻陷了南宋王朝。

满江红·写怀

〔宋〕岳飞

怒发冲冠①，凭栏处、潇潇②雨歇。抬望眼、仰天长啸③，壮怀④激烈。三十功名尘与土⑤，八千里路云和月⑥。莫等闲⑦、白了少年头，空悲切！

靖康耻，犹未雪。臣子恨，何时灭！驾长车，踏破贺兰山⑧缺。壮志饥餐胡虏肉，笑谈渴饮匈奴血。待从头、收拾旧山河，朝天阙⑨。

· 作者简介 ·

岳飞（1103—1142），字鹏举，相州汤阴（今河南省汤阴县）人。岳飞是南宋著名爱国将领，他率领的"岳家军"骁勇善战，纪律严明，连敌人都赞叹，"撼山易，撼岳家军难"。

·注释·

① 怒发冲冠：因为愤怒使得头发竖立，以至于将帽子顶起。冠，帽子。这是用夸张的手法表示强烈的愤怒。

② 潇潇：下雨的声音，形容雨急。

③ 长啸：感情激动时的咆哮。

④ 壮怀：胸中伟大的志向。

⑤ 尘与土：形容微不足道。

⑥ 云和月：与云、月相伴，形容风餐露宿。

⑦ 等闲：轻易，随便。

⑧ 贺兰山：贺兰山脉位于今宁夏回族自治区与内蒙古自治区之间，这里用来泛指边关要塞，并不是实指。

⑨ 朝天阙：朝见皇帝。天阙是宫殿前的高楼，这里指皇帝居住的地方。

·译文·

　　愤怒使我的头发竖立,上冲帽冠。独自登高凭栏远眺,暴风雨刚刚停歇。抬头远望天空,禁不住长啸,报国之情充满心怀,豪气难当。三十多年来建立起一些功名,但如同尘土微不足道,南北转战八千里,风餐露宿,看惯风云。好男儿要抓紧时间为国建功立业,不要空空将青春消磨,等年老时徒留悲切。

　　靖康之变的耻辱,至今仍然没有被雪洗。作为臣子,此仇此恨何时才能消除?我要驾着战车向贺兰山进攻,将它踏为平地!我满怀壮志,恨不得在饿时饱餐敌人的肉,恨不得一面谈笑一面喝他们的血。只盼有一天,重新收复旧日山河,向国家报告胜利的消息。

·精忠报国·

《喻世明言》中说:"岳飞精忠报国,父子就戮(lù)。"精忠报国就是竭尽忠诚,报效国家的意思。

·靖康之难·

靖康之难也叫"靖康之祸""靖康之变",是指金灭北宋的历史事件。

北宋靖康元年闰十一月(1127年),金军攻破东京(今河南省开封市)。靖康二年四月,金兵在大肆烧杀掳掠后,挟持宋徽宗、宋钦宗和宗室、后妃、官员等三千多人与大量金银器物北去,史称"靖康之难"。

为了羞辱宋朝,金国还封徽、钦二帝为昏德公和重昏侯,其余人都充当奴仆,被金人使唤,北宋王朝从此灭亡。

示①儿

〔宋〕陆游

死去元②知万事空③，
但悲不见九州④同⑤。
王师北定⑥中原⑦日，
家祭⑧无忘⑨告乃翁⑩。

· 作者简介 ·

陆游（1125—1210），字务观，号放翁。越州山阴（今浙江省绍兴市）人。南宋著名文学家、史学家、爱国诗人，现存诗词九千多首。

· 注释 ·

① 示：告诉。
② 元：同"原"，本来的意思。
③ 空：此处指不存在了。
④ 九州：代指中国。
⑤ 同：统一。
⑥ 定：平定，收复。
⑦ 中原：此处是指淮河北部和黄河中下游的北宋属地，当时被金人占领。
⑧ 家祭：祭祀家中先人。
⑨ 无忘：不要忘了。
⑩ 乃翁：你的父亲，指陆游自己。

· 译文 ·

　　虽然原本就知道，人死后就没有意识了，人间的一切我也无从知晓，我只是为没有亲眼看见祖国统一而抱憾。等宋朝军队收复了北方失地，你们来墓地祭拜我的时候，千万不要忘记告诉我这个好消息。

·南宋社会发展·

南宋的朝廷官员虽然不思进取，苟安于临安城，但这并不能抹杀南宋经济、文化上的繁荣。

像唐朝一样，南宋是一个对外开放程度很高的王朝，是古代文学艺术发展的巅峰时期，陆游、朱熹（xī）、范成大等文人留下很多传世名作。南宋的学术思想也继"百家争鸣"后出现新的高

潮。程朱理学就是在这一时期诞生的。

南宋的科技成就也很显著，指南针在航海交通中普遍使用；发明了管形火器"突火枪"，使火药的使用进入了新的阶段；由于文化事业的发展，印刷业和造纸业也都很兴盛。在农业技术、数字、医学等方面也领先世界。

岳鄂王墓①

〔元〕赵孟頫

鄂王坟上草离离,秋日荒凉石兽危。
南渡君臣②轻社稷③,中原父老望旌旗④。
英雄已死嗟⑤何及,天下中分⑥遂不支。
莫向西湖歌此曲,水光山色不胜悲。

· 作者简介 ·

赵孟頫(fǔ,1254—1322),字子昂,号松雪道人。他在诗、书、画等领域都有很高的造诣,独创的"赵体"对后世书法艺术影响很大。

·注释·

①岳鄂王墓:即岳飞墓,岳飞在死后六十余年后被追封为鄂(è)王。

②南渡君臣:宋高宗赵构和他的臣子。北宋的都城在开封,北宋灭亡后,康王赵构登基为帝,带领军臣迁往长江以南,建立南宋。这一事件史称"南渡"。

③社稷:国家。

④旌旗:代指军队。

⑤嗟:后悔叹息。

⑥天下中分:国家已不完整,被分割成两半。

·译文·

岳飞墓上杂草丛生,在秋日中显得十分荒凉,石兽在风雨侵蚀(shí)、野草肆虐(nüè)之下仿佛也自身难保了。以宋高宗为代表的统治者们轻视社稷,只想偷安,可中原父老还在盼望着来收复失地的军队呢。英雄被害,国家分裂,后悔也来不及了。不要向西湖吟唱这个曲调,那美丽的水光山色也会禁不起悲伤之情。

·岳飞墓·

也称岳坟,在浙江省杭州市西湖西北栖霞岭下,建于南宋嘉定十四年(1221年),包括忠烈祠、墓园、启忠祠三大区域。

·岳飞被害·

北宋末年,金兵南侵,宋朝的求和派主张与金议和,秦桧(huì)自告奋勇地当上了求和使者。后来秦桧被金军俘虏,他便攀附上了金朝贵族。

公元1130年,秦桧带着一家老小回到南宋。由于秦桧和宋高宗求和偷安的意图不谋而合,他不仅得到了宋高宗的信任,还当上了宰相。

当岳飞在郾（yǎn）城对阵金军取得重大胜利时，秦桧觉得这不利于自己的投降政策，下令让岳飞班师回朝，岳飞拒绝，坚决要求进军北伐。秦桧便下令先将其他各路兵马撤回，然后以"孤军不可久留"为借口，令岳飞不得不撤兵。

一年后，岳飞遭秦桧诬陷，被捕入狱。绍兴十一年农历十二月末（1142年1月），审理岳飞案件的官吏按照秦桧的指示，以莫须有的罪名将岳飞杀害。岳飞的长子岳云和部将张宪同时被害。

己亥杂诗①

〔清〕龚自珍

九州②生气③恃④风雷⑤,
万马齐喑⑥究⑦可哀。
我劝天公⑧重抖擞⑨,
不拘一格降⑩人才。

· 作者简介 ·

龚自珍(1792—1841),字璱(sè)人,号定盦(ān),晚年又号羽琌(líng)山民。浙江仁和(今属浙江省杭州市)人。清代思想家、诗人、文学家,是清代改良主义的先驱人物。

·注释·

①《己亥杂诗》是一组诗集,共315首,这首诗是其中第125首。

②九州:古时候,中国分为九州,此处泛指全国。

③生气:生机勃勃。

④恃:凭借,依靠。

⑤风雷:此处指暴风雷鸣般的社会变革。

⑥万马齐喑:此处形容社会政局死气沉沉,没有生气。喑,沉默,不说话。

⑦究:究竟。

⑧天公:这里指古人崇拜的万物神。

⑨抖擞:振作精神。

⑩降:造就。

·译文·

　　要让我们国家恢复朝气,必须依靠飓(jù)风和响雷的震颤,而现在这样毫无生气的社会和让人沉闷的气氛(fēn)让人感到可悲。我劝告上天重新振作起来,不要拘泥于规格,降下更多的人才。

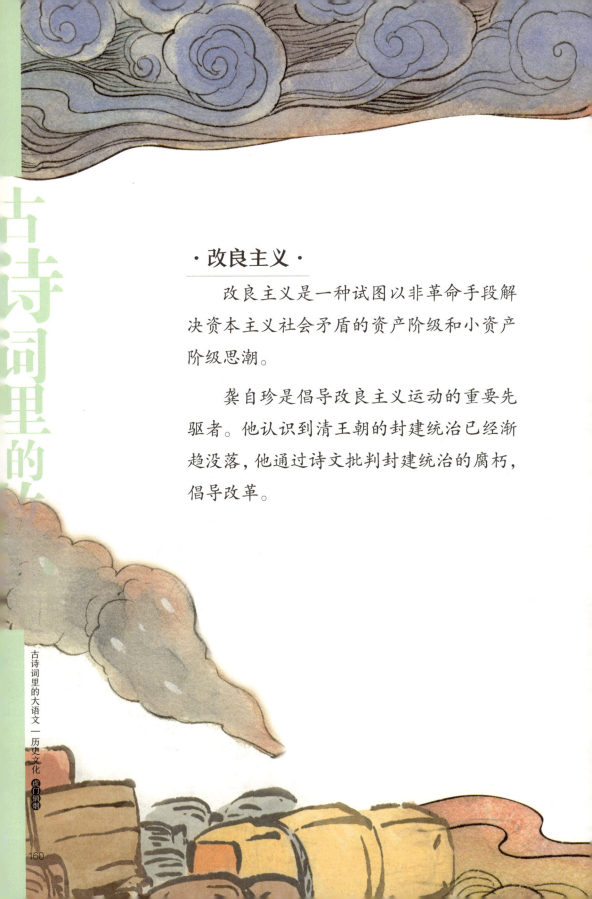

·改良主义·

改良主义是一种试图以非革命手段解决资本主义社会矛盾的资产阶级和小资产阶级思潮。

龚自珍是倡导改良主义运动的重要先驱者。他认识到清王朝的封建统治已经渐趋没落,他通过诗文批判封建统治的腐朽,倡导改革。

·虎门销烟·

龚自珍主张革除弊政、抵御外敌，曾全力支持林则徐禁烟。《己亥杂诗》其中一首就写到了林则徐禁烟的故事。当时的禁烟可不是现在常见的"禁止吸烟"，而是禁止鸦片（一种毒品）。

清朝后期，由于闭关锁国，产生了很多社会问题，征敛无度，民不聊生，经济受到很大危害。欧洲资本主义国家迅速崛起，向中国输出鸦片，严重威胁到当时中国人民的身体素质。1839年6月3日，当时的钦差大臣林则徐在广东虎门海滩当众销毁鸦片，林则徐也成了打击毒品的民族英雄。后来，销烟结束翌日即6月26日，也成了国际禁毒日（全称是禁止药物滥用和非法贩运国际日）。

附录

古诗词里的名句

兴王只在笑谈中。直至如今千载后,谁与争功?
　　　　　　　——《浪淘沙令》〔宋〕王安石……2

管乐有才真不忝,关张无命欲何如。
　　　　　　　——《筹笔驿》〔唐〕李商隐……6

至竟息亡缘底事?可怜金谷坠楼人。
　　　　　　　——《题桃花夫人庙》〔唐〕杜牧……10

感君恩重许君命,太山一掷轻鸿毛。
　　　　　　　——《结袜子》〔唐〕李白……14

宫女如花满春殿,只今惟有鹧鸪飞。
　　　　　　　——《越中览古》〔唐〕李白……18

家国兴亡自有时,吴人何苦怨西施?
　　　　　　　——《西施》〔唐〕罗隐……22

宫里吴王沉醉,倩五湖倦客,独钓醒醒。
　——《八声甘州·陪庚幕诸公游灵岩》〔宋〕吴文英……26

昔时人已没,今日水犹寒。
　　　　　　　——《于易水送人》〔唐〕骆宾王……30

坑灰未冷山东乱,刘项原来不读书。
　　　　　　　——《焚书坑》〔唐〕章碣……34

阿房舞殿翻罗袖，金谷名园起玉楼，隋堤古柳缆龙舟。

    ——《卖花声·怀古（其一）》〔元〕张可久……38

四海无闲田，农夫犹饿死。

    ——《悯农（其一）》〔唐〕李绅……42

至今思项羽，不肯过江东。

    ——《夏日绝句》〔宋〕李清照……46

四十三年，望中犹记，烽火扬州路。

——《永遇乐·京口北固亭怀古》（节选）〔宋〕辛弃疾……50

秦时明月汉时关，万里长征人未还。

    ——《出塞》〔唐〕王昌龄……54

回日楼台非甲帐，去时冠剑是丁年。

    ——《苏武庙》〔唐〕温庭筠……58

一去紫台连朔漠，独留青冢向黄昏。

    ——《咏怀古迹（其三）》〔唐〕杜甫……62

莫遣只轮归海窟，仍留一箭定天山。

    ——《塞下曲（其二）》〔唐〕李益……66

羽扇纶巾，谈笑间，樯橹灰飞烟灭。

    ——《念奴娇·赤壁怀古》（节选）〔宋〕苏轼……70

东风不与周郎便，铜雀春深锁二乔。

    ——《赤壁》〔唐〕杜牧……74

本是同根生，相煎何太急？

    ——《七步诗》〔三国·魏〕曹植……78

出师未捷身先死，长使英雄泪满襟。
——《蜀相》〔唐〕杜甫……82

下国卧龙空寤主，中原得鹿不由人。
——《经五丈原》〔唐〕温庭筠……86

人世几回伤往事，山形依旧枕寒流。
——《西塞山怀古》〔唐〕刘禹锡……90

若无水殿龙舟事，共禹论功不较多。
——《汴河怀古（其二）》〔唐〕皮日休……94

莫愁前路无知己，天下谁人不识君？
——《别董大（其一）》〔唐〕高适……98

醉卧沙场君莫笑，古来征战几人回？
——《凉州词》〔唐〕王翰……102

野火烧不尽，春风吹又生。
——《赋得古原草送别》〔唐〕白居易……106

谁知盘中餐，粒粒皆辛苦？
——《悯农（其二）》〔唐〕李绅……110

两个黄鹂鸣翠柳，一行白鹭上青天。
——《绝句四首（其三）》〔唐〕杜甫……114

烽火连三月，家书抵万金。
——《春望》〔唐〕杜甫……118

海外徒闻更九州，他生未卜此生休。
　　　　　　——《马嵬（其二）》〔唐〕李商隐……122

凤凰台上凤凰游，凤去台空江自流。
　　　　　　——《登金陵凤凰台》〔唐〕李白……126

桃花潭水深千尺，不及汪伦送我情。
　　　　　　——《赠汪伦》〔唐〕李白……130

卷地风来忽吹散，望湖楼下水如天。
——《六月二十七日望湖楼醉书（其一）》〔宋〕苏轼……134

一水护田将绿绕，两山排闼送青来。
　　　　——《书湖阴先生壁（其一）》〔宋〕王安石……138

暖风熏得游人醉，直把杭州作汴州。
　　　　　　——《题临安邸》〔宋〕林升……142

三十功名尘与土，八千里路云和月。
　　　　　——《满江红·写怀》〔宋〕岳飞……146

王师北定中原日，家祭无忘告乃翁。
　　　　　　——《示儿》〔宋〕陆游……150

莫向西湖歌此曲，水光山色不胜悲。
　　　　　　——《岳鄂王墓》〔宋〕赵孟頫……154

我劝天公重抖擞，不拘一格降人才。
　　　　　　——《己亥杂诗》〔清〕龚自珍……158